KB275342

겨울 연습

빛, 볕, 흐름, 소리

겨울 연습

빛, 볕, 흐름, 소리

김화진 ＊ 정지혜 ＊ 정기현 ＊ 황은주

스위밍꿀

차례

앉은 자리

김화진 소설

긴 여름 해가 이제 막 뉘엿뉘엿 넘어갈 때 즈음, 신비롭게 찾아온 졸음의 기운이, 지루하고 평화로워 멈춘 듯한 나른한 저녁의 기운이 어깨와 가슴 부근을 감싸고 목 위로 양 볼과 눈썹까지 차올랐다. 수이는 자기도 모르게 꾸벅꾸벅 졸기 시작했다.

졸음에 빠져들 때면 수이는 의례처럼 주문처럼 구연을 부른다. 구연에게 이런저런 얘길 늘어놓다가 깊은 잠의 미끄럼틀을 타고 아래로 아래로 내려가는 것이다. 그날도 그랬다. 눈꺼풀이 무거워 껌뻑껌뻑 느리게 눈을 감았다 뜨며 여지없이 속으로 구연의 이름을 불렀다.

구연아 잘 지내니 나는 의자에 앉아서 졸고 있어 책상에 엎드려 조는 것은 고등학교 이후로는 잘 안 하게 돼 대학 때도 그랬던가 그랬나보다 대학교 때까지는 책상에 엎드려 잤나보다 근데 그러면 침을 너무 많이 흘리더라고 입이 안 다물어지나봐 그래서 엉덩이를 의자 끄트머리에 걸친 채로 고개를 의자 등받이에 기대어 파묻고 고개가 꺾인 채로 졸아 그러다가 자 고개가 끄떡끄떡하면서 완전히 떨어질 때까지 버틸 수 있을 때까지 버텨보는데 잠은 이길 수가 없더라……

그러고 눈을 뜨면 오래 잔 것 같은데도 실제로 지나간 시간은 십오 분 남짓이다.

수이가 하루 중 가장 긴 시간 앉아 있는 곳은 을지로 어느 오래된 상가 건물의 사무실이다. 그곳은 정직한 직사각형 모양이고 중간에 책장을 짜맞춰 출입문에서 먼 안쪽을 사무실로 쓰는 사설 강의 업체였다. 수이는 그곳의 수강생이다가 정기 후원자가 된 뒤 계약직 직원이 되었다. 수업이 있는 날을 골라 주에 삼일만 출근하면 되었는데 그 조건이 무척 마음에 들었다. 그렇게 살게 된 지 벌써 사오 년이 흘렀다. 지하철을 타고 출근해 문을 열고 들어선 뒤 주저 없이 앉을 곳을 찾아 앉고 이 자리가 내 자리라고 조금은 머뭇거리지 않고 말할 수 있게 되는 시간인 것이다. 어떤 일 하세요? 라는 물음에 ○○○에 다녀요, 라고 말할 수 있는 시간.

책장을 기준으로 출입문 가까이에 둔 강사의 자리와 강사를 바라보게 놓아둔 스무 개 남짓의 책상과 의자를 정리하고 화이트보드를 닦고 펜을 채우는 게 수이의 일이다. 휴지와 물과 간식도 채우고 창문도 열었다가 닫으며 바닥을 쓸고 닦는다. 여름에는 실내가 덥지 않도록 선풍기의 위치를 고민하고 겨울에는 춥지 않도록 히터와 난로의 위치를 고민한다. 들어오는 사람들에게 환하게 웃어 보인 뒤 우물쭈물하는 듯한 표정을 발견하면 무엇이든 물어보라는 말과 함께 다가간다. 해결할 수 있는 일을 해결하고 해결하지 못하는 일은 수이 또한 우물쭈물하는 표정을 만들어 보이며 미안하다고 말한다.

그리고 수업이 시작되면, 산만하고 어수선한 공기가 가라앉고 오직 강사의 목소리만이 채우는 때가 오면 수이는 안심하고 책장 뒤의 자리로 가 앉는다. 소리가 나지 않게 조용히 앉아 있다. 강사가 하는 말을 유심히

들을 때도 있고 그저 음악처럼 흘려들으며 머릿속으로
딴생각을 하기도 한다. 소설이나 만화책을 볼 때도 있
다. 그러나 그러다가 결국엔 꾸벅꾸벅 존다. 다시 구연
아 밥 먹었니 나는 오늘 이상하게 번잡해서 건너뛰었
어 근데 가끔은 끼니 거르는 게 좋대 요즘 사람들은 뭘
너무 많이 먹는 게 탈이래 맞는 거 같아 나 소화가 잘 안
되잖아……

잠의 미끄럼틀 입구로 살살 데려다주는 주문을 외며
고개가 꺾인 채 의자에 기대어 있다보면 어느새 검은
잉크를 뒤집어쓴 것 같은 아주 캄캄한 잠의 구덩이로
이동. 거기에서 십오 분 남짓을 안락하게 뻗어 있다가
다시 을지로의 사무실로 아직도 여전히 강사가 뭐라
뭐라 열심히 나직하게 열성적으로 뭔가를 말하는 곳의
책장 뒤 앉은 자리로 돌아오는 것이다.

부끄럽게도 자꾸 강의 시작 시간에 맞춰 졸게 되는
데 이것은 여름이라서일 것이다, 라고 수이는 생각한
다. 아직 여름이 지나가지 않아서. 여름 해는 일곱시 삼
십분 무렵 넘어간다. 여름이 지나가면 괜찮을 것이다.
수업에 방해가 되지 않을 것이다. 그렇게 생각하며 수
이는 부끄러움을 몰아낸다. 겨울 해는 다섯시 반이면

   김화진 소설

넘어가니까. 아니 그전까지 나에게 이토록 자주 찾아오는 잠기운이 생각을 바꿔 먹어 멀리멀리 떠나간다면 더 좋겠지…… 아주 약간은 시무룩해져서 자리에서 일어난다.

왜 이렇게 자주 졸까? 존다고 하기에도 뭣하지, 잔다고 해야 맞겠지. 그런 고민을 해본 적이 있다. 여름이니까 더워서 진이 다 빠져버려서 그런 게 아닐까? 아마도 맞는 것 같아, 절반은 맞는 듯……이라고 생각했지만 가을이 접어들 무렵까지 수이의 잠으로의 이동은 계속되었다. 가을까지 여름처럼 덥다는 사실도 맞긴 해서 더위 때문이 맞을지도 모르겠지만 사실은 계절과 상관없이 잠으로 빠져들게 되는 것인지도 몰랐다.

사실 더위 때문이라기보다는 해 때문이라고 생각했다. 그리고 그 생각은 시간이 갈수록 확고해졌다. 창문으로 해가 들어올 때, 수이는 슬슬 잠의 기운을 예감했다. 아침의 성실하고 생생한 빛은 아니고, 뭔가 모서리가 둥글고 넓적한 기운으로 소리도 없고 형체도 없는 넓은 해변의 파도처럼 다가오는 오후의 볕. 천천히 오는데? 조금 있다가 물러나면 되겠는데? 라고 생각하고 있다가 삽시간에 코앞으로 다가온 파도에 어느새 발목이 젖는 것처럼 수이는 오후의 볕이 몰고 오는 잠기운을 피할 길이 없었다.

창가에서 가장 가까운 게 내 자리니까, 잠기운의 끄트머리에서 도망치려면 볕이 들 즈음 다른 직원의 책상으로 잽싸게 피하면 되겠다, 고 수이는 생각했다. 이곳에는 수이 말고도 수이와 비슷한 근무 형태로 일하는 직원이 한 명 더 있었고 수이가 출근하지 않는 날 그가 나와 일을 했다. 그러니까 수이가 출근해 있는 동안 그의 자리는 비어 있는 셈이고 수이가 앉은 자리에 비해 창가에서 좀 떨어진, 책장 쪽에 더 가까이 붙어 있는 그 책상은 볕으로부터 안전했다. 서늘한 그늘의 자리였다. 해가 넘어오기만 하면 옮겨야지, 결심하고 수이는 세시, 네시, 시간을 체크하며 긴장하다가 매번 파도에 당하는 사람과 똑같이 매번 볕을 덮고 잠에 들었다.

기척을 느낀 순간 바로 피하면 되는데, 이상하게 좀 겨뤄보고 싶다는 마음 때문이었다. 오후의 볕이 창가로 내려앉을 때, 조금 더 조금 더 내려와 책상 귀퉁이를 물들이며 점점 다가올 때, 팔꿈치까지 다가왔을 때, 팔뚝을 타고 올라와 머리 꼭대기를 물들이고 다시 반대

편 어깨로 내려가 상반신을 완전히 덮어버릴 때 수이
는 속수무책 잠에 드는 것 같았는데, 이상하게 버틸 때
까지 버텨보고 싶은 마음이 드는 것이다.

일단 볕이 팔꿈치에 닿기 시작하면 그 따뜻한 번짐,
건조한 물들임, 보송보송한 파도 같은 걸 느끼는 게 좋
아 가능한 한 몸을 움직이지 않고 볕을 피해 자리를 옮
기지 않고 잠에 들지 않기 위해 버텨보게 되었다. 경계
심 많은 고양이가 스스로 몸 가까이에 다가와 닿을 듯
말 듯 부드러운 털을 한번 갖다 대주고 가기를 기다리
는 형국과 비슷한 것도 같다는 게 수이의 생각이었다.

＊

문득문득 잠에 빠져들기 시작할 무렵에 수이는 별걸
다 두고 다녔다. 잠기운이 머릿속 군데군데 들러붙어
흐리멍덩하게 만든 것인지 도무지 야무지게 두 손에
뭘 들고 다니질 않았다. 에어팟과 필통 립밤과 생리대
파우치 겉옷과 우산 머리끈과 반지. 되찾은 것도 있고
영영 찾지 못한 것도 있다. 그중에는 계약서도 있었다.
시청 근처 어느 카페에서 미팅을 하고 계약서까지 작

앉은 자리　　15

성하고 나눠 가진 뒤 수이는 그것을 그대로 미팅 장소에 두고 나왔다. 그것은 수이가 처음으로 한 원고 계약이었다. 계약을 제안한 편집자는 수이가 일하는 을지로의 사무실에서 만난 사람이었다. 그도 수이처럼 한때 그곳에서 수업을 들었던 사람, 한번 들은 뒤 종종 그곳을 다시 찾는 사람이다. 그 사람은 어느 날 수업이 끝난 뒤 뒷정리를 하고 있는 수이에게 명함을 건네며 말했다. 이곳에서 진행되는 수업 중 남기고 싶은 것들을 책으로 남겨보는 건 어떨까요?

수이는 그걸 왜 나한테 말하는지 모르겠다는 표정을 지었을 것이다. 왜 내가? 말하는 사람은 저 앞에 있는데? 갸우뚱거리면서도 수이는 그가 건넨 명함을 받았다. 그 말을 들은 순간부터 남기고 싶은 게 떠올랐는지도 몰랐다. 자신도 모르는 마음속 귀퉁이 어딘가에서. 그리고 수이의 착각일지 모르겠지만, 편집자도 비슷한 걸 생각하고 있는 것 같았다. 구연의 수업을 말이다. 수이의 기억 속 장면에 그가 있었다. 그도 구연의 수업을 들은 적이 있었다. 수이가 직원이 된 지 얼마 되지 않았을 때 수이는 구연의 수업을 들으러 온 수강생들 몇몇에게, 그에게 차가운 녹차를 건넨 적이 있다.

 김화진 소설

계약서를 카페에 그대로 두고 집으로 돌아오던 지하철에서 빈자리를 발견한 수이는 며칠 동안 들고 다니기만 한 책을 펴 들고 문장 사이에 웅크렸다. 오늘은 집중해서 읽어야지, 결심하고 펼친 책은 아무리 애를 써도 딴짓을 하며 두 문장 읽는 게 어려운 반면 이동중에 대충 봐야지, 하고 시작한 독서는 애가 탈 정도로 집중이 잘된다. 그래서일까. 지하철에서 앉아 가는 행운은 내릴 역을 지나치는 불운과 꼭 한쌍으로 온다. 자리에 앉으면 책을 펴 들기 때문이다. 한 문단, 한 장, 그러다 잘 풀리면 서너 장 내내 문장에 눈을 두고 있다보면 다음 역을 알려주는 목소리는 이미 음 소거되어 있고 내려야 할 역은 지나가고 없다.

현실에서 있어야 할 곳을 잊을 정도로 문장 사이 있고 싶은 곳에 있다는 느낌은 강렬하고 매력적이었다. 수이는 언제나 마음이 흔들릴 때 중심을 잡지 못하고 휘청여서 그것이 무척이나 슬플 때 책을 붙들고 문장에 눈을 두면 그제야, 내가 있을 곳이 여기구나 하고 알게 되었다. 가지런한 문장이 있는 곳. 앞도 뒤도 있지만 그 어디로도 가지 않아도 되는 곳. 멍하니 묵묵히 아주 오래 눈을 두어도 되고 아무리 오래 눈을 두어도 아무도 뭐라고 하지 않는 곳. 그냥 거기에 있고 싶다 여기에만 있고 싶다 그런 생각에 현실의 있을 곳은 곧잘 잊혀지는 것이다.

그나마 수이가 책에서 눈을 뗀 건 소현이에게 문자가 왔기 때문이었다. 이미 내려야 할 역은 지나가고 있었지만, 그래도 너무 멀리 가지 않고 알아챈 게 어디냐는 마음으로 수이는 자리에서 일어선 뒤 소현이에게 답장을 했다.

—이모 언제 와요?

—언제 갈까?

—오면 고양이 카페 가요

—고양이 카페? 좋지.

그 뒤로는 답이 없었다. 아마도 휴대폰을 다시 제 아빠에게 돌려준 모양이었다. 수이는 지하철 문이 열리고 다시 반대로 지하철을 타기 위해 계단을 오르며 민재에게 전화를 걸었다.

소현이가 고양이 카페 가자는데요.

수이 씨 잘 지냈어요? 그거 유기묘 센터일 거예요. 인스타그램에서 같이 봤거든요. 카페라고 하기엔 좀

　　　　　　김화진 소설

그렇고…… 쉼터?

요즘은 고양이에 빠졌나요?

네. 얼마 전에 길고양이 만나고부터요. 그전엔 지렁이였는데요. 지렁이보단 낫죠.

낫네요.

언제 오실래요? 같이 가도 되는데. 수이 씨 피곤하지 않으면요.

저야 좋죠.

가까워요. 금방이에요. 용산이던가?

좋네요. 주말에 가야겠죠? 주 오일 근무자한테 미안하게 됐지만……

무슨 소리 하세요. 제가 미안하죠. 소현이가 너무 귀찮게 연락하진 않죠?

자주 안 해요. 소현이 바쁜가봐요.

소현이가 제일 바빠요.

수이와 민재는 함께 소리 죽여 웃었다. 잠깐 침묵이 흐르고, 민재가 말했다.

그럼 주말에 만나요. 제가 주말 전에 문자 할게요.

네.

수이 씨,

네.

바쁜 일 있으면 언제든 거절해도 돼요.

네.

수이는 민재와 통화하며 지하철 역사 안을 내내 맴돌았다. 오는 지하철을 두 번 정도 보낸 것 같았다. 이상하게 가슴뼈가 뻐근하고 어깨와 손마디에 힘이 들어가 있었다. 몸 군데군데 고여 있던 잠이 다 달아나는 듯했다. 갈비뼈 끝마다 정작 못한 말이 걸려 있는 것 같기도 하고. 부러 기침을 세게 하면, 주먹으로 가슴을 퍽퍽 때려보면 그 말들이 운좋게라도 목구멍 밖으로 튀어오르지 않을까 싶었지만 주먹 쥔 손에 힘을 주고 가만히 두었다. 가만히 있자. 가만히. 갈비뼈에 걸린 말이 정확히 어떤 말인지는 수이도 몰랐다. 하지만 그 말이 나오게끔 어르는 말은 알고 있었다.

구연아 나 오늘도 내릴 데 지났다 소현이 아니었으면 더 멀리 갔을 텐데 소현이가 구해줬어 원래 여덟 살이 그렇게 문자를 잘 쓰니? 깜짝 놀라서 잠이 다 깨더라 구연아 소현이는 완전 너 닮았지 키 컸으면 좋겠다고 하길래 키 클 거라고 대답해줬어 네가 크잖아.

*

　수이가 소현이를 처음 본 것은 이 년 전이다. 구연이 떠나고 일 년 후에야 소현이를 봤다. 구연의 장례식장에서 소현이의 모습은 기억에 없었다. 그때 수이는 가족들이 드나드는 방 쪽을 볼 수 없다고 생각했는지도 모른다. 민재를 만나고 싶다고, 만나야겠다고, 만나지 않고는 견딜 수 없다고 생각했을 때, 그래서 민재에게 연락했을 때 민재는 소현이와 함께 나왔다.

　몇 살이야?

　여섯 살이에요.

　뭐 좋아해?

　블랙핑크랑 아이브.

　포켓몬은?

　포켓몬은 이제 유행 지났어요.

　학원도 다녀?

　피아노랑 수영 다녀요.

　그림 그리는 건 안 좋아해?

　집에서 그리는데 근데 지금은 종이도 없고 색연필도 없어서 못 그려요.

아빠 아이패드 있던데.

너무 두껍게 그려져요.

그거 펜 굵기 바꿀 수 있을 텐데.

할 줄 몰라요.

미안. 나도 몰라.

수이가 이런저런 걸 물으면 소현이는 쑥스러운 표정으로 대답하며 웃었다. 이런 얘기를 하는 게 낯설고 조금 흥미는 있는 것 같은 아이의 표정으로.

몇 시에 자?

아홉 시나 열 시. 근데 저번에 딱 한 번 열한 시에 잤어요.

여섯 살이? 대단하네.

네 딱 한 번이요.

너무 늦게 자지 마. 진짜 키 안 커.

네.

키 크고 싶지?

네.

키 클 거야.

그날 이후로 소현이는 가끔 민재의 휴대폰으로 수이에게 문자를 보냈다. 전화를 건 적도 있었다. 수이는 소현이와 얘기하는 게 좋았다. 유일하게 아무거나 말해도 되는 사람이었다. 소현아 오늘 뭐 했어? 임나은이랑 놀이터에서 놀았어요. 아빠는? 아빠 없어서 임나은네 엄마가 있었어요. 나는 초콜릿 먹었는데. 초콜릿 좋아해? 초콜릿 좋아해요. 다음에 초콜릿 사 갈게. 진짜요? 진짜. 소현이와 주고받는 짧은 문장들이 좋았다. 소현아 벌레 잘 잡아? 간밤에 이모 집에 바퀴벌레 나왔잖아…… 으 싫어해요. 그런 말을 나누면서 자기도 모르게 킬킬 웃고 있었다.

*

늦은 오후 사무실에서 그렇게 졸아서인지 출근을 한 날이면 밤잠에 쉽게 들 수가 없었다. 당연한 결과. 그럴 때 수이는 침대 등받이에 베개를 두 개 겹쳐 비스듬히 눕는다. 그때마저 반듯한 자세는 아니고 왼쪽 오른쪽으로 어떻게든 몸을 웅크리며 리모컨을 쥔 채 지루해서 잠들고 싶어질 만한 영화를 고른다.

지난밤에는 〈맘마미아〉를 봤다. 〈맘마미아〉는 하나도 낯설지가 않고 오히려 수이가 너무 자주 본 영화에

속한다. 여러 번 본 영화들이 대부분 그렇듯 집중해서 본다기보다 보다가 듣다가 한다. 뮤지컬 영화는 그러기에 특히 좋다. 〈맘마미아〉에는 아바의 노래들이 나오고 순간 마주한 장면에는 이런 가사가 흐르고 있었다. 가끔 기도해 이 모습 그대로 멈춰달라고 이 시간 그대로 멈춰달라고 물처럼 흐르지 않게. 거기엔 딸의 어린 시절을 보는 엄마의 눈이 있고 엄마의 삶을 경외하는 딸의 눈이 있다. 두 사람의 눈은 비슷하게 젖어 있다.

엄마랑 저런 걸 나눠 가진 적이 있었나. 수이는 문득 엄마와 헤어진 지 너무 오래됐다는 생각을 했다. 엄마나 아빠나 가끔은 보지만. 이상하게 엄마 쪽에 떠오르는 기억이 더 없었다. 함께 시간을 보내지 못한 건 양쪽 다 엇비슷한데 말이다. 그래도 아빠는 술을 마셔서 남은 기억이 좀더 있는지도 모르겠다. 아빠는 술이 마시고 싶은 날이면 수이와 동생을 데리고 아파트 단지 앞 페리카나치킨에 갔다. 수이와 동생에게는 양념반후라이드반을 시켜주고 자신은 생맥주를 마셨다. 따끈하게 튀겨져 나온 치킨을 뒤적거리며 이런 부위가 맛있는 거라고 알려주기도 했다.

수이와 동생은 자전거 가게와 치킨 집의 경계 지점

　　　　김화진 소설

에 놓인 파란 파라솔 아래 파란 플라스틱 테이블에 앉아 치킨을 뜯어 먹으며 아빠의 근현대사 강의를 들었다. 전두환이 말이야…… 그때 시위가 있는 날이면 아빠도…… 나중엔 엄마도 데려갔었지…… 엄마는 데이트하는 줄 알고 나왔는데 말이야…… 듣던 남매가 중간중간 안기부가 뭐야? 비상계엄이 뭐야? 하고 물으면 아빠는 그거 좋은 질문이라는 반가운 표정으로 그러나 아이들이 하나도 알아듣지 못할 만한 말들로 설명해주었다.

생맥주를 만족스러울 때까지 마신 뒤 부르는 아빠의 애창곡은 해바라기의 〈사랑으로〉였다. 내가 살아가는 동안에 할일이…… 또 하나 있지…… 집으로 돌아가는 길에 흔들흔들하는 몸으로 그 노래를 반복해 불렀다. 모르긴 몰라도 그 노래를 부르는 날 아빠는 수이의 눈에 좀 처져 있었던 것 같고, 기쁨으로 술을 마신 건 아닌 것처럼 보였다. 즐거운 기색으로 집에 왔을 때 부르는 노래는 따로 있었다. 나훈아의 〈무시로〉.

그렇게 기억하고 있었는데 언젠가 동생이 정정해주었다.

그거 〈무시로〉 아니야. 〈영영〉이야.

수이는 그 기억을 떠올리다가 휴대폰에 이렇게 메모했다.

그러니까

내 기억은 온통 잘못되었다. 제대로 기억하는 것은 단 하나도 없는 것이다.

그리하여

나는 홀로 될 것이다.

그것은 담담하면서도 곧잘 슬퍼지는 진실이었다.

*

구연은 수이의 선생님이자 수이가 관리하던 강사이고 무엇보다 수이가 은근히 좋아하던 사람이었다. 누구보다 잘 사는 것처럼 보였고 그래서 앞으로 오래 잘 살 줄 알았고 그 자신의 내부에도 역시 잘 살고 싶다는 그런 열망이 있었던 사람이다. 수이는 구연의 얼굴에서 그런 열망이 보여서 구연이 좋았다. 잠의 기로에서 자꾸만 구연을 찾게 되는 것이, 그 이유가, 나를 잠의 나라로 데려가는 건 구연의 열망이 있던 자리에 남은 잔열 같은 것이 아닐까 수이는 생각한다.

그는 수이에게 소설 읽기와 쓰기를 알려주었다. 어떻게 읽으랬지? 다른 부분을 찾으며 읽어보라고 했다. 읽고 나서 다르게 말할 수 있는 부분에 집중해보세요. 말하자면 『필경사 바틀비』를 읽고 바틀비만을 바라보고 '바틀비적 인물' '수동적 저항' '비실천적 실천'이라는 말들을 쓸 수도 있지만 눈을 조금 돌려 바틀비의 기행에 가려진 인물들, 가려져 있지만 바틀비 못지않게 우스꽝스러운 그의 동료들—정오만 되면 발작의 고삐가 풀리는 터키와 오전 내내 열망에 사로잡혔다가 오후에만 잠잠해지는 니퍼스—에 집중해봐도 재밌겠죠. 바틀비에 가려져 아웃포커스된 인물들에게 다시 포커스 맞추기. 그리하여 『필경사 바틀비』를 대진 운이 나빠 조연이 된 패트와 매트의 이야기라고 요약해도 좋지 않을까요? 같은 말을 했다. 구연은 그 이야기를 하며 화이트보드에 '눈 둘 곳 정하기'라고 썼다. 구연이 없어도 수이는 그 화이트보드를 매일 닦는다. 아니지. 주에 삼일 닦는다.

쓰기는 어떻게 하랬는지 기억하고 싶었지만 잘 되지 않았다. 구연의 말이 왔다갔다해서일 것이다. 언제는 마음대로 쓰세요, 라고 하고 언제는 마음대로만 쓰시면 안 돼요, 라고 했다. 하지만 지금 떠올리면 그랬다는 거지 당시에 수이는 뭐 어쩌라는 거야…… 같은 생각은 하지 않았다. 상황에 따라 알맞은 말이었을 테니까. 마음대로 쓰라는 말은 소설 쓰기를 시작하기 전에 했고 마음대로만 쓰면 안 된다는 말은 소설을 다 쓰고 난 뒤 수강생들에게 하는 말이었다. 구연을 앞에 두고 둘러앉은 수강생들은 그 말에 고개를 끄덕끄덕했다. 수이는 그 수업에서 도깨비를 만나 도움을 주고 그 답례로 손바닥만한 도깨비방망이를 받는 사람 이야기를 썼다. 남들 눈에 보이지 않고 주인공의 눈에만 보여서 주인공은 손바닥만한 도깨비방망이로 그간 마음에 들지 않았던 주변 사람들의 정수리를 후려치고 다닌다. 들키지 않고. 수이가 쓴 글을 읽고 함께 이야기하던 날 구연은 웃음을 참는 얼굴로 수이 씨 마음대로 쓰셨네요, 라고 말했다. 수이는 그 말이 마음에 들었다.

수이는 계속해서 구연의 목소리를 기억하려고 애쓴
다. 구연이 뭐라고 했더라. 무슨 말을 자주 했더라. 구
연이 했던 강의에서 다뤘던 책들은 수이가 올렸던 홍
보 게시물에 남아 있다. 그런데 그거 말고, 구연이 그 책
들을 들고 뭐라고 말했었는지. 그 책의 어느 부분의 귀
퉁이를 접어 와서 같이 읽고 싶다고 낭독을 해주었는
지. 그런 것들은 이제부터 다시 떠올려야 한다. 떠올린
다고 떠오르면 가장 좋겠지만, 떠오르지 않는다면 어
떻게 해야 할까? 마치 그런 걸 본 것처럼 써야 하지 않
을까? 구연이 했다고 상상하며. 구연에게 들었다고 믿
으며. 그런 일은 무척 재미있기도 하지만 더럭 겁이 나
는 일이기도 했다. 그러면 내가 본 적 없는 구연을 보게
되는 일이나 다름없지 않을까?

수이는 초조해지는 마음을 다리미로 펴는 상상을 하
며 다시 기억과 상상을 오간다. 을지로의 낡은 상가 한
사무실 끝과 끝에 앉아 있던 구연과 자신의 모습을 그
려본다. 구연과 수이 사이에는 예닐곱 명 남짓의 다른
사람들이 있고 그들은 나름대로 구연의 말을 받아 적
거나 구연의 말을 들으며 자신의 생각을 적거나 읽어
온 책을 뒤적이며 할말들을 생각한다. 수이 역시 수업

시간의 대부분 그랬다. 구연과 눈이 마주치면 좋지만 눈이 마주치면 표정이 어색할까 긴장되어 되도록 눈을 마주치지 않으려고 애썼다. 구연을 떠올리는데 구연을 향해 온 신경이 쏠렸던 자신의 모습만이 떠오른다. 좌절. 이럴 때 수이는 자신의 몸, 그 몸 테두리를 한 치도 삐져 나가지 못하는 시선과 기억에 좌절한다. 구연을 보려고 애쓰는데 하나도 보지 못한 것이다.

＊

수이가 어린 시절 문득 깨달은 세상의 비밀은, 태어났다는 사실이었다. 태어난 것은 취소가 되지 않는다. 죽음으로 중단될 때까지 계속되는 것이다. 그것을 최초로 깨달았을 때 어찌나 막막했는지. 태어나버린 것이다.

구연이 세상에서 사라지고 어쩐지 수이에게는 어린 시절 깨달은 비밀과는 반대로 죽음이 있다는 깨달음이 생생해서, 누군가는 진짜로 갑자기 중단된다는 사실이 생생한 동시에 너무 멀고 아득해서 그 거리와 시차 덕에 헛구역질이 났다. 심한 멀미 상태로 살아가는 것 같

     김화진 소설

왔다. 가끔 그 상태가 너무 심해서 눈앞이 혼곤할 때 참을 수 없이 아득해질 때 가위나 과도를 들고 허벅지를 찔렀다. 겁이 많아 심한 부상은 입히지 못하고 피가 보일 정도로만. 아주 취한 날에도 그랬다. 그러고 나면 다음날 수이의 몸 이곳저곳엔 검붉은 상처가 나 있고 상처 주변으로 시퍼렇고 샛노랗게 멍이 들어 있었다. 예리하게 찔린 것보다는 세게 얻어맞은 상처에 가까웠다. 수이가 자신에게 내릴 수 있는 고통은 고작 그 정도뿐이었다. '죽지 않을 만큼'이라는 표현의 끄트머리에도 못 닿을 우스운 정도의 통증. 그러면서 수이는 민재는 혹시라도 만에 하나라도 이러지 않으면 좋겠다고 생각했다. 구연을 사랑한 주변의 누구나 그러지 않았으면 하지만 특히 민재는 더욱이. 앞으로 사는 날들이 죽음만큼이나 아득한 소현이도 더욱더.

여기에 있는 민재와 소현에게 바라는 것과 달리 여기에 없는 구연에게 수이가 바라는 것은 하나같이 터무니없는 욕심이지만 그런 욕심은 상쾌하게 자유로운 데가 있었다. 아무것도 가능하지 않기 때문이다. 그런 이유로 수이는 매번 조금 더 바랐다. 구연에게 용서뿐만 아니라 그리움과 영혼과 만남까지 내 시간과 네 세상과 벽이나 결계가 없어 온통 뒤섞인 곳에서 어쩌면 이어질 수 있는 장면까지. 가끔 잠에 빠지기 직전 늘어놓는 쓸데없는 문장 사이에 진짜 바라는 것들을 끼워넣어보기도 했다. 혹시 잠의 세계가 죽음의 세계와 아주 약간 맞닿아 있다면, 그래서 수이가 웅얼거린 것이 어떤 혼선이나 우연 또는 배달 사고로 구연에게 닿을 수 있다면 거기에 또 한번의 요행을 바라는 것이다.

구연아 나는 네가 내가 쓴 문장에서 멈춰 서서 가슴에 손을 올리고 조금 슬픈 마음이 솟는 걸 기쁜 마음으로 맞이했으면 해. 내가 쓴 문장에 오래 머물러 흔들린 너의 마음을 어떻게든 만져보려고 마음에 손을 넣고 이리저리 휘저어봤으면 해. 네가 그렇게 잠시 멈춰준다면 바랄 게 없겠어. 그게 내 말하지 못한 비밀이야. 너무 욕심이 많아 비밀로 하기로 했어. 말하고 나니 더 염치가 없는 바람이고 비밀이네. 아니야 나는 그냥 네가 내가 쓴 문장 앞에 있기만 하면 좋겠어. 가끔 그럴 수도 있지 않을까? 영영 그럴 수는 없을까?

사실

바라는 것이

이것뿐인 것은 아니다.

구연아 용서는 뭘까. 용서하는 마음은 뭘까. 나는 용서받고 싶어. 내가 모르는 걸, 아는 걸 모르는 척하는 걸 용서해줘. 나는 내가 민재에게 품는 마음이 뭔지 모르겠다. 민재와 소현에게 느끼는 이 끌림이 뭣 때문인지 도무지. 구연 너의 자리라 좋은 걸까. 그것과는 상관없이 그들이 좋은 걸까. 구연 네가 알려준 거라면 뭐든 좋은 걸까. 네가 좋은 사람이라 좋은 것만 곁에 둬서 그들이 좋아 보이는 게 어쩔 수 없는 걸까. 나는 없는 네게 바라는 게 많기도 많다. 용서받는다면 가장 먼저 그걸 용서받고 싶다. 구연 용서해줘. 네가 용서할 필요도 없이 내가 내 마음을 좀 여과시킬 수 있다면 좋을 텐데. 더러움을 여기저기 덕지덕지 묻히지 말고 어느 정도는 밑바닥에 가라앉힌 뒤 조심조심 걸어다니면 좋을 텐데. 맑은 마음의 사람이면 좋을 텐데.

수이는 이런 글을 종이 위에 썼다가 너무 생생해서

지운다.

＊

　유기묘 보호소에서 고양이들을 실컷 보고 나오며 소현이가 말했다.

　이모 우리 이사 가요.

　이사? 어디로?

　아직 몰라요. 근데 바닷가 있는 데로 간대요.

　바닷가? 멀리 가네.

　그렇게 대답하며 수이는 민재를 쳐다봤다. 민재는 어쩐지 좀 난처해 보였다. 그러면서도 더 자세한 설명은 없었다. 소현이가 한 말과 같은 말뿐이었다. 수이는 자신이 놀랐는지 놀라지 않았는지 놀랐다면 왜 이렇게 놀라지도 않은 표정으로 민재를 쳐다보고 있는지, 도대체 상황과 마음에 알맞은 표정이란 무엇인지 생각했다.

　이사 가려고요.

　언제요?

　곧이요. 집 보러 다녀왔고, 아마 더 보진 않고 계약할

　　　　　　　김화진 소설

것 같아요.

진짜 바닷가로 가요? 멀리 가네요.

멀리 가요.

그 말에 수이는 왜요, 라고 물을 수 없었다. 대신 속으로 구연에게 말했다. 구연아 들었니 너네 가족 이사 간대 멀리 바닷가 근처로…… 나는 어떡하니. 그 말까지 속으로 읊다가 스스로에게 실망해서 관뒀다. 내가 뭐가 그렇게 중요하다고 이런 생각부터 하는지. 다른 얘길 하고 싶어서 다른 얘길 했다.

민재 씨 잠은 잘 자요?

잠이요? 아니요. 잘 못 잔 지 너무 오래된 것 같은데.

민재는 그렇게 말하면서 웃었다. 웃을 일은 아닌 것 같은데. 그렇게 적힌 수이의 표정을 봤는지 민재가 이런저런 말을 덧붙였다.

잠들기까지 오래 걸리더라고요. 점점 더. 하루를 그냥 자지 말아야 패턴이 돌아오려나봐요.

따뜻한 기운이 있으면 빨리 잠드는데. 저는 요즘 너무 자요.

많이 자는 거 좋죠.

따뜻한 기운이 퍼지기만 하면 자요. 햇볕 많이 보거

나 팥 주머니 데워서 눈에 올려두세요.

팥 주머니?

네. 팥이 온기를 오래 품는대요.

그거 좋네요.

수이는 더는 대답하지 않고 소현이와 잡은 손을 흔들었다. 소현이가 요즘 좋아한다는 노래를 불렀다. 아이브랬나, 블랙핑크랬나.

헤어지기 직전 민재가 의외의 말을 건넸다.

저희 집에서 저녁 먹고 가요.

저녁?

네. 이사 가기 전에 언제 또 초대할 수 있을지 모르니까. 수이 씨 저희 집 한 번도 안 와보셨죠. 항상 초대하고 싶었을 텐데.

맞아요. 한 번도 못 갔네요.

구연은 항상 수이에게 집에 한번 놀러와, 집에서 맥주 마시고 놀자, 그런 얘길 했다. 그렇지만 늘 구연이 너무 바빠 그 말들은 약속이 되지는 못했다. 구연과 수이가 만나던 곳은 항상 수이가 일하는 사무실 또는 사무실 근처였다. 구연이 수업을 하는 때면 끝나고 맥주 한

잔만 마시자, 하고 놀았고 수업이 없는 날이면 커피 한 잔 하자, 하고 근처 카페에서 산 빵과 커피를 들고 사무실 문을 불쑥 열고 들어왔다. 모든 제안은 구연이 했다. 그때 수이에게 뭘 같이 하자고 말해주는 사람은 구연뿐이었다. 그래서 그렇게 기억에 남나. 구연에겐 여럿이 있었지만 내겐 구연밖에 없었기 때문에? 수이는 구연을 좋아하는 마음이 그렇게 단순한 이유인 것이 싫었지만 또 아니라고는 할 수 없는 마음에 언제나 좀 부루퉁해졌다.

처음으로 가본 민재와 구연과 소현의 집은 그들과 잘 어울렸다. 거실에 놓인 테이블과 테이블 위의 스탠드와 서로 다른 모양의 의자들이 전부 편안하게 모서리가 닳아 있는 느낌이었다. 구연과 민재의 방에는 들어가볼 수 없었다. 내키지가 않았다. 수이는 소현이 손에 붙들려 소현이 방에 앉아서 소현이가 그린 그림과 이야기를 함께 봤다. 수이는 소현이와 함께 주저앉아 온갖 스케치북과 공책과 그림책을 들추던 순간에 계속 머물러 있고 싶었다. 문장과 문장 사이에 고일 때 느낀 편안함을 현실의 있을 곳에서도 느껴본 것은 아주 오랜만이었다.

＊

　그날 민재에게 팥 이야기를 해서 그런지 어느 오후 수이는 달달한 단팥죽이 먹고 싶어졌다. 직접 만들 순 없고 가장 가까운 가게에서 배달 주문을 했는데 어마어마한 양의 단팥죽이 도착했다. 흰 김이 올라오는 검붉은 팥죽 바다 한가운데 하얀 새알심이 세 알 동동 올라가 있었다.

　팥죽에 들어간 새알심을 좋아한다고 생각해본 적은 없었다. 하지만 건져 먹으니 맛있었다. 좋은데? 수이는 연달아 새알심만을 건져 먹었다. 든든하고 재미있었다. 혀로 짓누르면 퍼지는 팥의 느낌도 좋았다. 간은 좀 슴슴한 것 같아 집에 있던 설탕을 조금 더 뿌렸다. 뜨끈하고 달달했다. 목구멍을 데우며 넘어가는 끈적한 죽. 호랑이가 팥죽 좋아했다던데 옛날에. 맛을 좀 아네…… 난 삼십여 년 걸려 알게 됐는데. 우연히 알게 된 사실을 오래 기억하려고 눈알을 왼쪽 오른쪽으로 굴려보았다. 뭔가를 기억하려고 할 때 이런 행동을 하면 더 기억에 남는대. 언젠가 그런 말을 들은 것 같았다. 구연에게서일까? 수이는 요즘 구연에게 말 붙이는 일뿐만

　　　　　김화진 소설

아니라, 머릿속에서 건져 올린 어디선가 들은 출처 불명의 말들을 전부 구연의 목소리로 재생시켜보는 습관도 갖게 되었다.

팥죽 한 그릇을 다 비우자 배가 무겁고 따뜻했다. 몸의 무게중심이 배에 있었다. 나른하고 졸렸다. 수이는 습관적으로 구연에게 편지를 보내듯 말을 걸까 하다가 그만두었다. 너무 생생해서 소름 끼쳤던 어느 날의 종이와 글씨가 떠올랐기 때문이었다. 대신 몸을 일으켜 종이와 펜을 가지고 다시 식탁 앞에 앉았다.

민재에게.
민재 씨 안녕하세요
지금은 조금 늦은 밤입니다……

이것 역시 너무 생생해서 소름 끼치지만.
어쩐지 민재도 구연만큼 멀리 가는 것 같고 구연만큼 못 보게 될 것 같다는 생각이 들자 진짜로 편지를 적고 싶어진 것이다. 하지만 그 문장 뒤로는 영 손이 움직이지 않아 의자 위로 무릎을 끌어올려 웅크리고 앉아 한동안 머릿속으로 민재 씨 민재 씨 하고 불러보았다. 구연에게 줄줄줄 뭔가를 말할 때와 달리 자꾸 덜컥 덜컥 말이 끊어졌다. 할말이 없는 걸까. 할 수 있는 말이 없는 걸까. 뒤섞여 있지만 엄연히 그 둘은 달랐다.

수이는 한동안 가방 속에 넣고 다니는 공책 사이에 쓰다 만, 단 세 줄만 적힌 종이를 끼워 다녔다. 구연이 아니라 민재에게 말을 붙이기 시작한 그 종이를. 공책 을 펼쳐 뭔가를 적을 일이 있을 때마다 마지막으로 적 힌 지금은 조금 늦은 밤입니다를 한 번씩 노려보았다. 노려보는 시간에 따라 시비를 걸기도 했다. 지금은 조 금 늦은 밤이 아니라 환한 대낮이야. 지금은 조금 늦은 밤이 아니라 모두가 저녁 식사를 하는 저녁이야. 그런 식으로.

편지를 노려보고 있을 때에는 어쩐지 잠기운이 몰려 들지 않았다. 사무실에 출근해서도 곧잘 잠에 빠져드 는 시간대에 수이는 잠에 들지 않고 종이를 노려보았 다. 무슨 말을 하고 싶지. 무슨 말을 하고 싶어. 그 말은 구연에게 갈 수 없으므로 구연이 잠을 불러줄 수도 없 었다. 스스로의 어딘가를 쿡쿡 찔러 문장을 한두 개 정 도 얻어낸 뒤 앞뒤에 쓰인 말과 이어지는지 말이 되는

    김화진 소설

지 점검하며 한숨을 내쉬었다. 강의가 한창 진행중일 때도 한숨을 쉬어서 자기도 모르게 휘유 소리를 내고 선생과 수강생들의 눈치가 보여 몸을 움츠렸다. 그렇게 며칠을 어설픈 스파이처럼 숨죽이며 종이를 붙들었고 갈수록 종이의 빈 부분이 적어졌다. 이제는 인사를, 마무리 인사를, 그런 고민만이 남았다.

편지를 마무리할 무렵은 종이 위로 볕이 내리는 시간이었다. 종이의 하단부부터 내려앉은 볕은 의식하지 못할 정도로 느리거나 빠른 속도로 종이의 상단부까지 번져갔다. 흰 종이가 눈부시지 않을 정도로 적당히 환하게 빛났다. 펜을 내려놓고 종이에 드리우는 볕을 가만히 느껴보다가 다시 펜을 들었다. 할말이 남은 건 아니었고 쓸데없는 추신에 가까웠다. 편지를 마무리하는 지금 이 순간의 느낌을 남겨두고 싶어서 그래도 볕이 들면 행복해지네요, 그렇게 적고 다시 펜을 내려놓았다.

＊

간밤에 한 작심 때문인지 이른 아침에 알람도 없이

눈이 떠졌다. 수이는 초조하게 출근할 시간만을 기다렸다가 정오 즈음에야 속으로 몇 번이고 써본 문장을 민재에게 보냈다. 답장은 십이 분 만에 왔다.

—오늘 그릇 돌려드리러 가도 되나요?

—그럼요.

민재의 집에 방문했던 날 민재는 혼자 부엌에서 분주하더니 소현의 방에서 놀고 있는 수이와 소현을 불러 불고기와 미역국을 먹였다. 그럴듯한 음식이 아니라서 미안해요, 그렇게 말하며. 이렇게 매일 먹는다면 그게 정말 그럴듯한데요, 라고 말하는 수이에게 당연히 매일 이렇게 먹지는 않아요……라며 부끄러워했다. 왠지 요리를 좀 해보고 싶어서 아주 오랜만에 한 것이라고 했다. 미역국이랑 불고기는 제가 좀 잘해요. 그 말에서 뿌듯함이 배어났다. 정확하게 뿌듯해할 수 있는 걸 가지고 있는 사람은 좋아 보이는구나. 수이는 절반은 부러워하고 절반은 신기해하며 민재의 얼굴을 봤다. 식사를 마치고 민재는 불고기 좀 가져가세요, 라고 말했다. 너무 많이 했어요, 라고도. 수이는 그 말이 오후 네시 반 같다고 생각했다. 민재의 말이 팔꿈치 어깨 가슴팍을 넘어 머리 꼭대기에 닿고 거기서 주르륵 흘

　　　　김화진 소설

러내렸다.

　수이는 민재가 싸준 불고기를 이틀에 걸쳐 먹었다. 얼른 드세요, 라고 말했기 때문에 얼른 먹었다. 그리고 나머지 며칠을 언제 돌려주러 갈지 고민했다. 돌려줄 땐 빈 그릇에 팥죽을 채워 돌려주고 싶다는 생각도 했다. 나는 요리를 할 줄 모르니까 내가 먹었던 것 중 가장 맛있었던 걸 나눠 먹어야지 하는 마음이었다. 그리하여 오늘 민재가 방문해도 된다고 허락한다면 빈 그릇을 들고 죽집에 들러 팥죽을 여기에 포장해달라고 말할 생각이었다. 민재의 그릇을 들고 죽집에 방문하는 걸 너무 많이 상상해서 일찍 일어난 것 같았다. 가야 할 미래의 시간에 얼른 가고 싶어서 마음이 몸을 채근한 것이다. 이번에도 민재가 그럼요, 라고 하자 여지없이 마음이 바빠졌다. 빈 그릇을 들고 죽집에 가는 상상 장면에 한 걸음 가까워진 것이다.

　퇴근하고 죽집에 들러 팥죽이 담겨지길 기다리는 수이에게 다시 문자가 왔다. 민재였다.

　—수이 씨 미안해요. 이사 앞두고 이런저런 처리할 것들이 많아서 저 좀 늦는데…… 다음에 볼까요?

─그렇구나. 많이 늦으세요?

─알 수가 없어서요. 너무 기다리게 할까봐.

수이는 가슴에서 뭔가 엎질러진 것 같았는데 물인 것 같기도 하고 불인 것 같기도 했다. 그사이에 죽 나왔습니다, 하는 낭랑한 목소리가 가게 안쪽에서 울렸다. 잠깐 대답을 미루고 죽이 든 그릇을 받으러 갔다. 뜨겁습니다, 조심하세요, 죽을 건네주는 사람이 그렇게 말했고 그 말을 들었음에도 수이는 뜨거운 그릇을 두 손으로 덥석 잡았다. 과연 손바닥이 얼얼할 정도로 뜨거웠다. 조심조심 죽이 든 그릇을 가방에 넣고 휴대폰을 확인하자 수이가 답장을 하지 않는 사이 민재에게 다시 문자가 와 있었다.

─빈 그릇 돌려받는 일인데 약속까지 미룰 일인가 싶기도 하고…… 아님 혹시 집에 들어가 계실래요? 비밀번호 문자로 보낼게요.

─그래도 돼요?

─뭐 어때요. 수이 씨만 괜찮으면요.

─그럼 들어가 있을게요. 그릇에 뭘 좀 채워 왔는데, 냉장고에 빨리 넣을수록 좋을 것 같아서.

─미안해요, 진짜로.

—아니에요.

민재에게서 집 주소와 비밀번호가 도착했다. 수이는 조심조심 걸었다. 꽉 닫힌 그릇이지만 어쨌든 뜨거운 죽이 그릇에서 넘쳐 쏟아지지 않게. 조심조심 걸어서인지 멀지 않은 민재의 집까지 가는 길이 유난히 멀게 느껴졌다.

민재의 집 문 앞에 서서 수이는 천천히 비밀번호를 눌렀다. 구연과 민재와 소현의 집 비밀번호. 이제 곧 이 집에 민재와 소현도 없고 비밀번호도 달라진다. 내가 봤던 테이블과 조명과 책장과 인형들도 전부 내가 모르는 곳으로 간다. 그런 생각을 하자 왠지 모든 걸 천천히 하고 싶어졌다.

가방에서 죽이 든 그릇을 꺼내 냉장고에 넣고, 수이는 죽의 온도 때문에 뜨끈한 가방 속을 뒤져 공책을 꺼내고 그 사이에 끼워진 종이를 꺼냈다. 잠시 망설이다가 지난번 방문 때 열어보지 못한 침실 문을 열었다. 문 옆에 커다란 침대가 놓여 있었고 그 맞은편엔 심플하게 생긴 화장대가, 그 옆으로는 짙은 나무색 책장이 있었다. 책장은 수이의 가슴 조금 아래까지 왔는데 높진 않아도 꽤 무거워 보였다. 자주 읽는지 어떤 책들은 책장에 꽂혀 있지 않고 책장 위에 눕혀져 있었다. 수이는 종이를 반 접고 또 반 접어 누워 있는 책 위에 올려두었다. 그리고 다시 침실을 나와 침실 문을 닫았다. 날아가는 일은 없겠지. 바람 부는 방이 아니니까. 어쩐지 도둑 같은 마음이 되어 민재에게는 이만 집으로 돌아간다는 문자를 보냈다.

*

민재가 알려준 이삿날이 다가오는데도 민재에게선 별말이 없었다. 이것은 가을의 뙤약볕 같다고, 가을의 뙤약볕 아래 오래 서 있어본 적도 없으면서 수이는 생각했다. 자신이 목마름으로 헐떡이는데도 물을 얻어먹지 못하는 개의 모습이 된 것 같다고도. 그러나 수이의 모습은 개가 아닌 사람. 언젠가의 결심처럼 민재에게 물어봐야겠다 물어보지 않고는 견딜 수 없다는 마음이 들었을 때 민재에게 전화를 걸었다.

그간 소현이가 문자를 보내준 덕에 몇 번이고 민재에게 전화를 걸었는데, 소현이의 문자 없이 바로 민재에게 전화를 거는 일은 무척 낯설었다. 또르르르 하는 통화 연결음 대신 몇 번이고 들었던 노래가 흘러나왔다. 나에게는 한때 커다란 꿈이 있었어 뒤척이다 잠 못 드는 밤이…… 수이는 속으로 또박또박 가사를 따라 적어보았는데 그편이 왜인지 더 긴장되었다. 노래 가사가 언제 뚝 끊기고 민재의 목소리가 들릴지 몰라서 그런 것 같았다. 아주 느린 노래가 아주 팽팽하게 들렸다.

여보세요.

아, 민재 씨.

수이 씨.

바쁘시죠?

예, 짐 싸놓느라고. 중요한 것만 싸둔다고 하는데도 정신없네요.

그렇겠다.

그래요.

……

……

혹시, 봤어요?

네?

편지. 못 봤구나.

편지?

저번에 책장 위에 올려두고 나왔는데.

어디 있었을까? 짐 쌀 때 들어간 거 같은데…… 미안해요. 짐 풀고 꼭 찾아볼게요.

별 내용 아니에요. 그냥 인사.

그래도. 미안해요.

아니에요. 언제 간댔죠? 내일모레?

맞아요. 내일모레.

어디랬죠, 광양이랬나?

맞아요, 광양.

여러 번 불러봐도 낯서네요. 조심히 가세요.

나중에 놀러와요, 초대할게요 수이 씨.

네, 그럴게요.

전화를 끊으며 수이는 최근 민재가 자신에게 가장 많이 한 말이 미안하다는 말이라는 걸 생각했다. 그리고 그렇게 생각하면 할수록 사악한 마음이 드는 것도. 나한테 그만 미안하다고 해. 편지를 보게 되면 이제까지 했던 사과들을 전부 거두어들이고 싶어질 테니까. 그렇게 속으로 심술궂은 말을 부려놓다가 이게 말투만 심술궂지 실은 사과하고 싶은 마음 아닌가 되물었다. 사악한 마음이 아니라 사과하고 싶음. 사과하고 싶은

　　　　　김화진 소설

마음이 왜 사악한 마음을 지닌 사람의 말투로 튀어나
가게 되는지에 대해. 하지만 도무지 어려워서 그냥 다
포기하고 시끄러운 심장박동을 고요하게 듣는 일에 집
중했다.

요동치던 박동이 잦아드는 게 느껴졌다. 민재는 편
지를 보지 못할 것이다. 다행이다. 그편이 다행이라고
생각했다. 주말이면 민재는 광양으로 간다. 이제 민재
와 소현이는 서울에, 내가 있는 을지로의 사무실 근처
에 없다. 편지의 내용은 나만 안다. 속으로 그런 문장을
몇 번이고 반복해서 중얼거렸다. 하지만 손가락이 움
직이면,

사실

편지의 내용은

나도 모른다.

사라져버린 종이 위에만 있다.

*

　수이 씨 안녕하세요,

　저희는 광양에 잘 도착했습니다. 광양으로 간다고 했을 때 수이 씨가 광양? 하고 놀라던 표정이 기억나서 가끔 웃어요. 광양이어야 했던 특별한 이유는 없고 전에 구연이랑 소현이랑 와봤던 곳 중 좋았던 곳으로 결정했어요. 소현이가 어릴 때 바다 근처에서 살아보고 싶어서요. 다 제 욕심이죠 뭐.

　요즘 잘 주무시나요?

　저는 베개는 잘 베지 않고 팔을 굽혀 베개 삼아 머리를 얹은 채 몸을 웅크리고 잠에 듭니다. 그러면 깊은 잠을 잡니다. 동면하는 동물처럼 웅크린 개나 고양이처럼. 그 자세가 편합니다. 자고 일어나면 어깨며 목이며 허리가 무척 찌뿌둥하지만. 그래서 오래 자지는 못합니다. 여섯 시간을 자면 딱인 것 같아요. 그렇지만 나도 모르게 너무 피곤에 겨워 몇 시간을 내리 더 잘 때가 있습니다. 그런 날엔 내 눈썹 위로 관자놀이 주변으로 무거운 잠의 기운이 먹구름

　　　　　김화진 소설

처럼 내려앉아 있는 걸 느낍니다. 안개 같은 컨디션를 걷어보기 위해 차가운 커피를 마십니다. 그러면 조금 나아지는 것 같기도 하고 얼음의 차가움은 졸음의 무거움에는 들지 않는 것 같기도 합니다. 눈이 무거워 끔뻑거리며 생각이 느려진다는 감각을 합니다. 무거우면 느려지는구나 하고 당연한 생각도 합니다.

시간이 많아서 아직 정리가 덜 된 집안에서 멍하니 앉아 있는 날들이 많은데요(시간이 많은데 정리가 덜 되었다니 모순이네요). 그럴 때면 왜 자꾸 구덩이에 발이 빠지는 사람을 상상하게 되는지 모르겠습니다. 제가 아직 어디에 빠져 있다고 생각해서일까요. 이제 그만하고 싶은데. 이왕 그만하고 싶다고 생각했으니 지금부터 다시 상상해보겠습니다. 다시가 아니라 다음을. 구덩이에 발이 빠져서 심하게 발목을 접질려도, 인대가 끊어지거나 뼈가 부러져 발목이 허벅지처럼 퉁퉁 붓고 흉측한 각도로 틀어져도 거기에 일단 뜨거운 수건을 놓아보겠습니다. 데운 팥 주머니도 괜찮겠지요. 그쪽이 더 나을 것 같기도 합니다. 팥이 품은 열기가 뭉글뭉글 도는 주머니 안. 주머니를 갖다 대면 다친 부위에 퍼지는 열기. 그건 마치 자고 일어났을 때 몸에 남아 있는 따끈한 잠의 잔열 같겠죠. 팥 주머니를 떼지 않고 계속 대고 있으면 열기가 닿은 곳으로부터 손톱만큼, 또 손톱만큼 더 멀리 퍼지고 결국엔 온몸이 열에 녹아 물렁한 상태가 될 거예요. 잔뜩 얼어 있던 힘 준 몸도 물렁해진 만큼 조금씩 내려앉을 거예요. 밑으로 밑으로 꺼져가는 느낌에 좀 편해지겠죠. 막 잠에 들 때처럼요.

이사 온 빌라 일층 마당을 써도 된다고 하기에 짐 정리가 마무리되면 오동나무를 심을까 합니다. 이사 오기 전 회사 옥상에서 건물 관리인들이 나누는 이야기를 엿들었는데 좋더라고요. 사실 좋은 얘기는 아니었는데요, 제가 자주 바라보던 오동나무를 잘라버렸다는 이야기였습니다. 너무 많이 자라 아예 둥치를 잘랐다고요. 그러면서 그런 얘기를 하더라고요. 예전에는 딸 태어나면 오동나무 심어야겠다고 그랬잖아, 워낙 빨리 자라서 이십 년이면 장을

        김화진 소설

하나 짜줄 수 있으니까. 그땐 시집도 일찍 보내고 그
랬으니까. 스무 살이 뭐야 열아홉에도 갔지. 그런 이
야기를 하며 껄껄 웃더라고요. 그러면서 작은 나무
를 심어야 돼, 베어내고 작은 나무를 심읍시다, 하고
떠났는데 그때부터 오동나무를 심고 싶다는 생각이
제 머릿속에 심긴 것 같아요. 관리인들이 떠나고 오
동나무가 있던 자리에 가보니 과연 오동나무는 거
칠게 썰려서 밑동만 남아 있더라고요. 그래서 제 집
은 아니지만 이곳의 마당에 오동나무를 심기로 했
습니다.

이것이 어쩌면 수이 씨의 서울과 저의 광양을 잇
는 뭔가가 될지도 모르겠네요. 수이 씨도 자주 바라
보는 나무가 있다면 알려주세요. 오동나무를 잘 심
고 나면 그 나무도 심어볼 생각이 심길지도 모르겠
습니다.

푹 주무시고요.

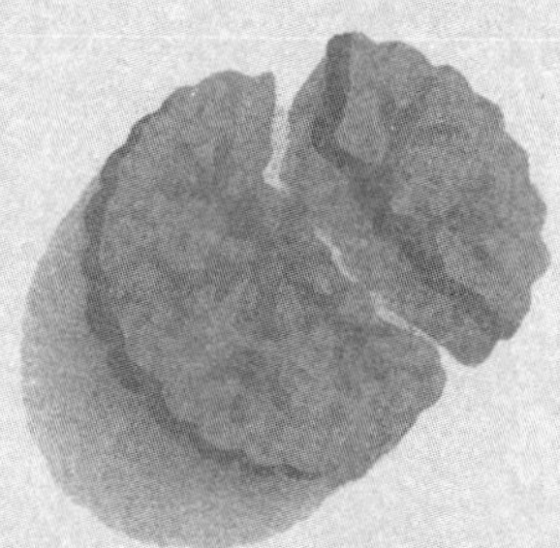

플로모션

정지혜 에세이

물웅덩이에 비친 구름을 따라

이건 아주 오래된 이야기, 이야기라기보다는 이미지에 가까운, 이미지라기보다는 인상일지도 모르는, 인상이라기보다는 심상, 어쩌면 지극히 사후적인 기억, 하지만 아주 선명하고 투명한 흔적, 내 안에 남아 있는 진한 얼룩, 그런 것에서 시작됐다기보다는, 그것에서 시작할 수밖에 없는, 알 수 없는 끌림, 이끌림, 그러한 힘의 작용. 그것을 따라서 자꾸만 그곳으로, 그쪽으로, 그 방향으로 되돌아가고, 되짚어보게 되는 일련의 운동, 움직임. 그러니까 나는 지금 흐름이라는 것에 관하여 생각하고 있는데, 아니, 생각한다기보다는 흐름이라는 것에 사로잡혀 있는데, 어쩌면 흐름에 관한 첫 경험을 되감기 해보는 중인지도 모른다. 물론, 이때의 '첫'이란 이 글을 쓰고 있는 지금, 현재, 이 무렵, 이 시각까지도 어떤 식으로든 내게 영향을 주고 있는 것 가운데 하나. 언제고 달라질 수 있는 잠정적인 것으로서의 첫.

다시, 흐름. 더 정확히 말하면, 동사로서의 '흐르다' 혹은 흐르는 바로 그 상태, 흐르는 일의 맥락, 흐르는 사정, 흐르는 사태를 짚어보려고 골몰한다. 그런데 어찌된 영문인지 자꾸만, 앞서 말한 그 알 수 없는 힘에 홀리기라도 하듯 이야기, 이미지, 인상, 심상, 기억, 조각, 얼룩, 에너지 같은 것들이 떠오르더니, 순식간에 그 단어들이 서로서로 들러붙듯 연속해서 이어져 생각나는 게 아닌가. 언뜻 보면 그런 것은 흐름과는 무관한 일 같은데, 도리어 흐름과는 하나도 어울리지 않는 일일지도 모르는데, 어쩌면 흐름과는 완전히 동떨어진 일일 수도 있는데, 그런데도. 어쩌겠는가. 어쩔 도리가 없다. 지금 내 마음은 이미 그쪽을 향해 둥둥, 술술, 솔솔, 홀홀 흘러가고 있는 것을. 그럼, 그래라, 그러라지, 그러자. 어디 한번 가보자, 흘러가보자.

　　　　　정지혜 에세이

이건 아주 오래전 이야기. 삼십 년도 넘은 그날은 아침부터 흐렸던가? 아마도. 초등학교가 파하던 늦은 오후였다. 하늘은 거대한 먹구름으로 뒤덮이기 시작했고 온 세상이 거뭇거뭇 욱신댔다. 금방이라도 장대비가 쏟아질 것 같은 우글대는 하늘. 학교에서 집까지는 꽤 걸어가야 하는데, 우산은 없는데, 비를 피해 무사히 돌아갈 수 있을까. 학교 운동장을 가로질러 교문 쪽으로 터덜터덜 걸어가는데, 이미 흙바닥에는 물기운이 잔뜩 서렸다. 뭔가가 다가오고 있다는 신호, 물의 전조. 학교 담장에 면한 제방을 넘어서면 남대천이 보일 것이다. 태백산맥의 한 줄기를 타고 내려오는 물줄기를 받아 동해로 흘러가는 물길 중 하나. 하굣길마다 종종 제방 길로 걸어가곤 했는데, 그때면 어김없이 흘러가는 강물과 근처 정수 장치가 만들어내는 끝없는 포말과 물 저장 탱크 주변의 어수선한 풀숲을 한동안 보며 시간을 보내곤 했지. 그날은 다른 길로 향한다. 물기운이 너무 가까우니까. 하늘에도, 땅에도. 서둘러 가야 하는데, 이상하게도 발이 떨어지지 않는다. 몸이 무겁고 마음이 묵직했다.

기다리고 있어?

기다리고 있어.

무엇을?

기다림을.

기다림을 기다릴 수 있어?

기다림은 기다리는 거니까.

교문을 나선다. 멀리 보이는 첫번째 사거리, 코너 문방구를 끼고 왼쪽으로 돌자. 그럼, 하굣길마다 종종 들르곤 하는 나의 작은 아지트가 보일 것이다. 그곳은 다름 아닌 공중전화 부스. 그리 가자, 가자. 그 투명 통 안에서 얼마간 시간을 보내는 게 내 작은 (악)취미, 놀이. '기다리기에 이만한 데가 없지.' 사방이 훤히 다 보이는 누구에게나 열린 공간인 동시에 아늑하고 밀폐된 개별의 작은 방, 지극히 사적인 이야기가 난무하는 비밀스

     정지혜 에세이

러운 상자. 신발주머니에 고이 넣어둔 비상금 동전을 꺼내 동전 투입구로 밀어넣는다. 전화를 걸어본다. 뚜 뚜뚜. 계속되는 통화음…… 그 시각, 어린아이의 전화를 받아줄 어른이 수화기 너머에 있을 리 없잖아. 모르던 바도 아닌데. 다 알고 있으면서 굳이 걸어보는 일. 먹고사는 일은 늘 매일의 날씨나 기상의 변화보다 변화무쌍하니까. 생활을 꾸려나간다는 건 그날의 거뭇한 하늘보다도 언제나 엄숙한 법이니까. 아이라고 우산 없이 비를 맞지 말라는 법은 없으니까. 툭툭툭. 빗방울이 부스 창을 두드리기 시작했던가. 방법은 없지, 아니, 방법은 있지. 가는 수밖에. 툭툭툭. 온다, 비. 부스를 빠져나와 시작한다, 걷기. '가면 된다.'

얼마나 걸었을까. 길 한가운데 움푹 팬 웅덩이 하나 보인다. 당시에는 도로 정비가 잘 돼 있지 않아 땅 여기저기가 파여 있었으니까. 아스팔트, 자갈, 흙, 돌멩이가 두서없이 뒤섞여 반은 포장 반은 비포장이던 길. 웅덩이에는 이미 얼마간 물이 고여 있었다. 조금 있으면, 쏟아지는 빗물이 웅덩이를 덮겠지. 가던 길을 멈추어 서서는 가만히 물웅덩이를 바라본다.

툭툭툭. 투둑투둑. 투두둑.

빗물이 웅덩이 위로 떨어진다. 미세한 물결이 인다. 그 물웅덩이 위로 머리 위 검은 구름 떼가 지나간다, 드리워진다. 구름이 차오른다, 물 안에서 일렁대며 솔솔 흘러간다. 그렇게 가만히 물을 보는데, 내 안에서 이상한 게 인다, 난다, 일어난다. 무엇이었을까, 그건. 두려움이었을까. 무서움이었을까. 슬픔이었을까. 뭐라 말로 설명할 수 없는 아릿하고 예리한 게 기습적으로 명치 끝을 파고들고, 가슴 안쪽 깊숙이 밀고 들어왔다. 그저 웅덩이에 차 있는 물을 바라봤을 뿐인데. 물 안으로 검은 하늘이 반사되고, 바람결의 물결이었을 뿐인데. 그 틈에 반사된 구름이 조금 일그러지고 어그러졌을 뿐인데. 웅덩이의 크기만큼 세상이 한 번 일렁, 또 한 번 출렁, 연이어 울렁댔다. 물이 품고 있는 세계가 좀 전까지만 해도 내 눈앞에 또렷하게 있었는데, 금세 흐릿해지더니 순식간에 물속으로 가라앉은 것인지, 그대로 물이 돼버린 것인지. 보이지 않는다. 그 일련의 변화를 지켜보는데 어쩌자고 서러운가, 왜 서글픈가. 바로 그 순간이었다. 그때까지 한 번도 생각해본 적 없고, 당시

     정지혜 에세이

어린 내 주변에서 한 번도 일어난 적 없는, 나의 일인 적
없던 것을 떠올렸다. 죽음에 대하여.

죽음이란 그런 거예요?

여기 있는데, 여기 없어요.

여기 없는데, 여기 있고요.

있고, 없고, 없고, 있어요.

그걸 보고 있는 게,

그걸 느끼는 게,

조금은 슬퍼요.

우산이 없었기 때문이었을까. 혼자 맞는 비가 갑작
스러워서였을까. 누구라도, 아무라도 응답해주면 조금
은 나았을까. 그저 목소리를 듣고 싶었을 뿐인데. '걸으

면 돼, 아무것도 아니야, 여기로 오렴, 어서' 그런 말. 아
니면, 아니면, 아니면, 괜스레 심통이 났던 것일까. 손
만 뻗으면 물웅덩이에 비친 하늘과 구름에 가 닿을 것
같은데 손을 댈 수 없어서, 손을 댈 용기가 나지 않아서.
여기 있는데, 여기 없어서. 여기 있다고 생각했는데, 저
멀리 가 있어서. 여기와 저기 사이가 한순간 아득해져
서. 죽는다는 건 그런 것일까, 그런 것과 닮은 게 아닐까
하고. 죽음에 대한 낌새, 어슴푸레한 짐작, 불가해한 예
감이었을까. 그러자 곧이어 무심한 그 거리감을 단번
에, 단박에 깨뜨리고 싶어졌다. 헤집어놓고, 파괴하고
싶었다. 내 안에서 일어난 그 알 수 없는 마음이 또 한번
나를 사로잡고 마구 흔들었다. 주변에 보이는 작은 돌
멩이 하나를 집어 물웅덩이로 냅다 던졌던가. 물이 와
장창. 파장, 파문, 흐트러짐, 뒤섞임, 일그러짐. 흙탕물
이 튀어올라 애꿎은 운동화에 얼룩을 남겼던가. 그러
거나 말거나. 웬걸. 조금 있으니, 웅덩이의 물은 언제
그랬냐는 듯 천연스레 평정으로, 평정으로. 되돌아가
있었다.

그날 그 물웅덩이 앞에서 내가 느끼고 생각한 것은

 정지혜 에세이

지금까지도 내 기억의 중요한 원류로 남아 있다. 그날 그 물웅덩이를 되짚으며, 지금의 나는 자연스레 어느 덧 내 삶의 많은 부분을 차지하며 일상 깊숙이 들어와 자리하고 있는 영화라는 세계를 떠올린다. 영화야말로 이 세상과 너무도 가까이 붙어 있고, 이 세상과 너무도 닮았지만, 결코 이 세상은 아닌, 이 세상이 될 수 없는, 이 세상과는 완전히 다른 또 하나의 세상이 아닌가. 현실과 가장 가까운 듯 멀고, 멀고도 가까운 상태의 예술이 아니던가.

그때 그 물웅덩이의 수면을 스크린이라고 말해볼 수 있다면, 그 위에 비친 구름을 스크린에 투사된 움직이는 이미지라고 한다면. 웅덩이를 바라보던 시선을 거두고 고개를 들어 머리 위 하늘을 올려다봤다면, 구름의 실재를 마주할 수 있었겠지만, 그것은 너무나 직접적이고 지나치게 가까워 되레 눈을 질끈 감으며 피하고 싶었던 것일까. 대신 물 위의 그림을 보는 일은 그로부터 얼마간 떨어져 있기에 나와는 무관한 일인 양하며 다가오는 비의 전조도 잊은 채 볼만하다고 느꼈던 것일까. 비구름이 만들어낸 거대한 그림자 아래 이미 들어서서 그것에 완전히 포위된 나는 수면 위 구름의 백영白影에게 빠져 잠시 가던 길을 멈출 수 있었다. 수면에 흐르고 움직이는 상象으로서의 구름, 결코 내 손으로 잡아챌 수 없는 한순간의 상, 비치고 반사되는 그림(자)으로서의 영화映畵. 그날 하굣길, 물이 품고 있던 그림상이 내 마음에 상으로 맺혔다. 그리고, 그게 뭔지도 모르면서, 어디서 들었는지도 모른 채, 그런 게 죽음과 닮았을 거라고, 죽는다는 건 그런 것에 가까울 것이라고 마음대로 상상하고 마음에 담았다. 있던 게 일그러지고, 일그러진 게 홀연히 사라지고, 움직임이 잠잠해지고, 없어졌던가 싶었던 게 어느새 홀연히 되살아나는 그런 상태 변화, 변화의 상태, 하나 속에서 벌어지는 생성과 소멸, 그 순환과 전환. 다르다고 여겨지는 상태가 실은 한 몸의 다른 표현이었을 뿐임을.

그런 것을 느끼고, 생각하고, 자문한 그날을 어떻게 잊을 수 있을까. 그것에 관해서라면 이후 누구에게도 말한 적 없다. 마음속 우물에 가만히 던져두고 두고두고 때때로 혼자 생각했을 뿐. 아무리 해도 그런 건 말이 될 수 있을 것 같지 않았다. 그러니 더더욱 괜스레 입 밖으로 꺼내면, 누군가 슬퍼할 것만 같았다. 슬퍼질 것만 같았다.

 정지혜 에세이

목적과 지향 없이 몸을 움직일 수 있다면

몸이 아픈 줄 알았는데 마음이 아팠다. 마음이 아픈 줄 알았는데 몸이 아팠다. 몸도 마음도 분명히 나의 것인데, 몸도 마음도 내 것 같지 않았다. 몸과 마음이 서로 불화하고 부대꼈다. 성질이 나고, 마음이 요동치고, 불안하고, 심사가 뒤틀리고, 오장과 육부가 꼬인다. 그게 마음에서 일어나는 것인지, 몸에서 이는 것인지 나눠서 보기가 어렵고, 어느 하나 거추장스럽지 않은 게 없던 나날이었다. 마음이 어딨나 했더니 온몸에 있더라. 몸이 뭔가 했더니 마음이더라. 그럴 수만 있다면, 한껏 경직된 몸과 마음에 틈과 구멍을 내고 싶었다. 꽉 막힌 곳곳에 혈을 뚫어 이리저리 마음이 흐르도록, 마음이 저리로 가도록, 몸이 가벼워지도록, 몸이 저리 가도록. 말랑말랑, 유연해지고 싶었다. 번아웃, 공황, 슬럼프, 우울, 불면, 면역력 저하, 자가면역질환. 그런 말들이 지시하는 몸과 마음의 붕괴에 관해서라면 나도 얼마간 경험이 쌓여 있으니까. 아픈 여자들에 관한 이야기 서랍에 나의 서사도 슬쩍 끼워넣을 수 있으니까.

그러던 어느 날, 기적 같은 마주침*이 있었다. 마주

침이라는 사건. 동네를 걷다가 우연히 발견한 전단에 난생처음 들어보는 말이 적혀 있었다. '컨택 임프로비제이션Contact Improvisation'. 그 말이 '즉흥 접촉'이라는 것은 나중에 알았다. 그런 게 뭔지도 모른 채, 이어지는 다음의 문장에 사로잡혔다.

'몸을 움직이는 것에 관심 있는 누구나 참여할 수 있습니다.'

하나도 새롭지 않은 문장이잖아. 유혹적이지도 매혹적이지도 웃기지도 않은 말이잖아. 그런데 말도 안 되게, 저 문장이 내게 말을 걸어오는 것 같았다. 그렇게밖에는 달리 설명할 길이 없다.

몸을 움직인다고? 지금도 나는 이렇게 움직이고 있는데?

---

* '마주침'이라고 쓰면서 나는 계속해서 파트릭 모디아노의 세계를 떠올린다. 그의 세계를 헤매는 듯하다. 의도치 않은 우연한 접촉, 만남이야말로 모디아노 소설에서 빈번하게 일어나고 연쇄적으로 거듭되는 사건이자 실체이며 어쩌면 모든 것의 시작이자 그 모든 게 아니던가. 예기치 않은 마주침이 나를 이끈다.

 정지혜 에세이

몸을 움직인다는 게 대체 뭔데? 몸을 움직이는 데 관심이 있다는 건 또 뭐냐고.

컨택(만남, 접촉), 임프로비제이션(즉석, 즉흥), 몸, 움직임. 입안에서 단어들을 굴려보며 이어 말하다, 일순간 몸과 마음이 확 동했다. '벗어나기 위해서는 움직여야 해. 몸이든 마음이든, 일으켜 세워야 해.' '~하기 위해서'라든지 '~를 향해서라든지' 하는 목적과 지향의 움직임이 아니라, '~하지 않기 위해서'. 예컨대 몸이든 마음이든 관계든 생각이든 폐색 상태만은 되지 않기 위해서. '~만 아니라면'이라는 심정으로. 컨택 임프로비제이션에 참여해보고 싶어졌다. 뭔가가 확 휘몰아쳤다.

무엇에서 벗어나고 싶어?

무엇이든. 상관없잖아.

그럼, 상관있는 건 무엇인데?

움직인다는 것. 시도한다는 것. 그냥 하는 것.

마음이 나고, 몸이 하는 그것만을 생각해.

지금의 내게 절실한 건 그것. 그것만큼은 확실히 알겠어.

그후 꽤 오랫동안 여러 차례, 여러 곳에서 진행하는 컨택 임프로비제이션 워크숍에 참여하곤 했다. 내가 몸으로 겪으며 잠정적으로 이해한 그것은 춤이나 무용이라는 단어를 떠올렸을 때 얼마간 그려지는 느슨하지만, 확고한 상과는 완전히 다른 모양의 움직임이었다. 이를테면, 하나의 곡에 맞춰 꽉 짜인 안무를 전문적인 기교와 기량으로 섬세하게 조율하고 정교하게 수행하는 방식과는 전혀 다르다. 그야말로 즉석에서 즉흥적으로 서로가 몸으로 만나고 몸을 접촉하는 활동이다. 물론, 컨택 임프로비제이션 분야에도 기술과 역사, 전문가 그룹이 있지만, 전단의 문장이 내게 말을 걸어온 바 그대로 '몸을 움직인다는 것에 관심만 있다면 누구나' 함께할 수 있다. 전문가와 비전문가가 한데 어우러져 몸을 쓴다. 몸이라는 구체적인 실체, 몸이라는 실존적 존재를 몸의 주체, 주체로서의 몸인 내가

　　　정지혜 에세이

적극적으로 인식하며 몸을 움직여나가본다는 의미로서의 몸 쓰기이다. 몸을 쓰면 몸을 쓴 그날, 그 시공간에 쓴 몸이 만들어낸 에너지, 흔적이 남기 마련이다. '-graphy'로서의 '쓰기'인 셈이다. 몸을 쓴다는 건 앞선 움직임이 휘발되고 지나가버리고 사라지면서 다음 동작과 움직임이 드러나기에 생성과 소멸의 동시 발생을 뜻한다. 발생하며 사라지는 활동이 남긴 흔적을 어떻게 기록할 것인가. 몸에 남은 흔적은 어떻게 기억할 수 있을까. 그래서 누군가는 안무 기보를 쓰고, 또 누군가는 댄스 필름이나 퍼포먼스 비디오를 만드는 것이겠지.

몇 가지 기본적인 움직임 기술만 익히고, 접촉이 누군가에게 불쾌나 위협이 되지 않도록 서로의 몸이 서로의 안전망이 되게끔 인식하는 과정을 거친다면, 전문가와 비전문가가 위계 없이 퍼포먼스를 해나갈 수 있다. 그것도 매번, 매시간, 매 순간 즉흥적으로 다르게 여러 몸이 만난다는 게 이 작업의 막대한 매력이자 환원 불가한 즐거움이다. 움직임이 일어나는 바로 그 순간, 그 현장, 그날의 참여자들이야말로 그날의 안무, 퍼포먼스의 일부이자 전체이고 개별이자 조화調和이며 조화造化의 주체이자 그 자체이다. 서로의 몸에 기대기도 하고, 누군가가 다른 누군가를 들어올리기도 하며, 몸과 몸 사이의 공간을 제삼의 몸이 파고들기도 한다. 워크숍을 거듭할수록 깨달은 게 있다면, 결국 몸을 쓰기 위해서는 몸의 힘을 빼야 한다는 자명한 사실이다. 경직된 몸으로는 상대방의 몸을 타 넘기도, 몸을 들어올리기도, 몸이 들리기도, 몸과 몸 사이를 빠져나가기도, 지나가기도 어렵다. 힘 빼기가 힘 싣기이고 힘 빼기가 힘쓰기더라.

접촉의 대상이 어디 몸뿐이겠는가. 연습실 스튜디오의 바닥과 벽에 몸을 기댄 채 한동안 가만히 그대로 있어도 괜찮다. 여름날에는 바닥의 찹찹한 냉기가 등을 타고 전신으로 전해지고, 겨울날에는 벽의 한기가 온몸에 퍼지는데 그런 걸 가만히 느껴보는 게 새삼스럽고 낯설어 좋다. 혼자 가만히 있는 것 역시 하나의 움직임이고, 접촉이고, 닿음이고, 컨택임을 알게 된 계기이기도 했다. 인간뿐 아니라 비인간, 사물, 그곳 공기, 열기, 침묵, 그곳에서 흘러나오는 음악, 소리, 조명까지도 접촉의 대상이 될 수 있다.

 정지혜 에세이

몸이 이완되니, 숨을 쉴 수 있구나.

숨을 쉬니, 몸이 느껴지는구나.

뱃속 깊숙한 곳에도, 마음이 있더라. 발끝과 손끝에도, 이마와 등에도 마음이 뛰더라. 언제 또 이렇게 스튜디오 맨바닥에 냅다 드러누워 마음 가는 대로 몸을 움직이며 몸과 마음의 상태에 집중해볼까. 낯선 이들과 마구 뒹굴고, 낯선 몸들을 타 넘고, 낯선 존재들을 경계 없이 느끼겠는가. 언제 또 땀 흘리며 열 내며 몸과 호흡의 흐름과 에너지에 집중하겠는가. 이 스튜디오 밖으로 한 발만 나서도 세상은 한없이 경직돼 있고 엄숙한데, 극악하고 무시무시한데. 예의니, 조심성이니, 경계니, 윤리니, 도덕이니, 배려니, 사려 깊음이니, 산뜻함이니, 깔끔함이니, 깨끗함이니 하는 그럴듯한 말로 부리는 위악과 위선, 기만과 기망 속에서 바로 옆 당신의 어깨를 토닥이지도, 손조차 맞잡지도, 뜨겁게 포옹하지도 못하는데, 우물쭈물 주저하는데. 타인, 타자, 세계, 세상을 내 손으로, 내 발로, 내 눈으로, 나의 호흡으로 접촉할 일이 너무도 귀한데. 무구하고 무수한 즉흥의 움직임이 몸이라는 세계, 세계라는 몸을 둘러싸고 있는 한정된 경험과 제한된 감각의 틀을 깨는 방편이 돼주는구나. 마음이 나고, 몸이 동할 수 있구나.

워크숍을 마치고 돌아온 다음날이면 어김없이 사타구니가 뻐근하다. 종아리가 얼얼하다. 엉치뼈가 쑤신다. 척추뼈가 조금은 펴진 것 같다. 무릎에 시퍼런 멍이 푸릇푸릇 자라난다. 활活과 동動이 준 생생한 흔적들, 증거들. 등과 등을 맞대고 상대의 등뼈를 나의 등뼈로 훑으며 뼈의 굴곡으로 호흡을 느낀다. 손과 손을 맞잡아 서로 힘의 균형을 맞추다보면 생각보다 센 상대의 악력에 놀라고 선연한 손자국과 만난다. 전혀 다른 역사와 이력의 몸들이 잠시 접촉해 서로의 몸에 남기는 생生의 기보. 몸이라는 가장 구체적이면서도 추상적인 실체가 뒹굴고 엉키고 모였다가 흩어지며 벌이는 난장. 이토록 뜨거운 몸들의 느슨하고 잠정적인 집합과 교집합이 몸과 마음을 가뿐하게 부풀린다. 몸과 마음이 후끈 달아오른다. 그럴 때만 가능한 면면의 홍조들. 여기저기 둥둥 떠다닌다.

 정지혜 에세이

출렁이고 일렁이는 영화, '하기'로서의 연기

사라지는 순간들, 감각들, 감정들을 카메라라는 기계장치를 통해, 필름이나 디지털이라는 물성과 매개를 통해, 스크린이라는 몸체에 기입하는 움직임의 흔적들, 얼룩들. 실시간으로 사라지는 것들 가운데서 영원과 지속을 탐색하고 욕망하는 방식들. 그러한 의미로서 영화의 운명. 몸 쓰기의 과정이 내게 좀더 흥미롭게 다가온 것은 그것이 영화의 운명과 닮았다고 생각했기 때문일지도 모르겠다.

정동情動에 관해 몰두하게 된 건 그 무렵이었다. 몸과 몸 사이, 몸과 몸을 지나며 벌어지고 일어나는 어떤 울림, 흐름, 이행, 변화, 그로부터 감지되는 에너지. 인간이든 비인간이든 상관없이 그들 사이에서 일어나는 움직임의 흔적, 몸들 사이 공간, 몸들이 맞붙었을 때의 긴장, 기류, 몸이 떨어졌을 때의 거리, 그 사이의 진동. 그런 것들은 언어로 정확하게 설명할 수는 없지만, 분명히 거기, 여기, 저기에 있지 않은가. 느끼지 않는가. 나의 몸에 착, 척, 툭, 찰싹, 슬며시 달라붙어 있는, 당신과 나 사이를 감싸고 돌고 아우르기도 하는, 지금, 여기, 이곳의 분위기, 뉘앙스, 기척, 낌새. 움직이고 흐르는 힘, 에너지, 생의 생생한 작용과 반작용, 결코 몸과 떨어질 수 없는, 몸과 마음이라는 이분법을 거부하는, 그 둘 모두에 기입돼 있는. 의미와 설명을 초과하고 초월하는 정동. 내 몸과 마음은 그런 상태 앞에서 속절없이 열리고 흔들린다. 그런 상태의 예술이 부리는 조화造化가 신통하고 신묘하고 신기하다. 그런 조화라면 기꺼이, 기쁘게 홀리고 싶다.

영화야말로 그런 상태의 예술이고자 한다. 모든 영화가 그렇지는 않겠으나, 어떤 영화, 적어도 내가 생각하는 훌륭한 영화는 그런 기묘하고 신비로운 일을 버젓이, 불현듯이, 부지불식간에 눈앞에 부려놓곤 한다. 결코 스크린 밖 세상이 될 수 없는 영화, 하지만 세상을 가장 쏙 빼닮은 영화, 그 어중간한 중간 지대 어디쯤에서 애매하고 모호하고 어정쩡하게 서성대는 영화라는 생물, 그러한 영화의 기질과 상태. 때론 그 두 세계 사이의 간극을 완강히 거부하면서 어떻게든 두 세계의 틈을 넘어서려고 애달파하고, 때론 어떻게든 그 간극을 지켜내려고 우격다짐하는 연약하고 흔들리는 영화. 그러한 영화 앞에서 나의 마음과 몸이 슬며시 움직인다.

그런 영화 앞에서 척추를 곧추세우고, 눈을 크게 뜨고, 목을 빼고, 가슴을 펴고, 정신머리를 차리고, 마음을 열고 내준다. 출렁대고 일렁이는 영화의 정동, 그 흐름에 완전히 올라타고 싶다는 간절한 바람이 나를 정신 들게 한다. 신기하지. 움직대는 영화가 나를 움직인다.

영화 앞에 있어요. 그것이면 충분해요.
무엇이 있다면, 정말로 무엇이 있다면,
있는 그것은요, 영화와 당신 사이에, 영화와 당신 관계에,
그 어디쯤에만 있을 거예요.

그래서일지도 모르겠다. 배우의 일, 연기'하기'에 관한 나의 지속적인 관심은 얼마간 자연스럽게까지 느껴질 정도다. 연기하기란 결국 배우와 상대 배우, 역할과 상대 역할, 배우와 그 자신이 맡은 역할 사이에서 벌어지는 일이 아니겠는가. 그 안에서 대관절 무엇이, 어떻게 일어난다는 말일까. 그것을 예측하고 설명할 수는 있는 것일까. 해석하고 가늠할 수 있을까. 얼마간은 그럴 수 있겠지만, 전적으로 완벽하게 통제하고 준비

하고 계획대로 수행한다는 것은 불가능하다. 그런 게
가능하다면, 배우와 연기하기가 그렇게까지 매력적이
지는 않을 것이다. 배우의 연기란 결국 사람의 일. 그 역
할을 누가 하는가, 상대 배우는 누구인가, 두 배우의 조
화調和는, 그들이 부릴 조화造化는, 그 조합에 따라 전혀
다른 정동이 일어날 것이다. 배우의 일이란, 연기를 한
다는 것이란, 그렇기에 얼마나 놀라운 우연한 만남인
가. 흥미로운 기적인가. 감독이 하는 일의 상당 부분이
캐스팅이라거나 영화의 운명은 어떤 배우와 만들 것
인가에서 이미 결판난다고 하는 말이 괜히 나온 게 아
니다.

　눈치챘겠지만, 나는 연기라고 하지 않고 연기'하
기'라고 거듭 말하고 있다. '하기'를 강조하기. 연기란
명사형이 아니라 일어나고 진행되고 변모하는 동사로
서의 작용이고 활동이다. 배우를 한자로 쓰면 '俳優'.
광대와 익살을 뜻하는 '배'이자 어정거릴 '배', 거기에
넉넉할 '우'까지. 그러니 충분히 어정거리는 게 곧 배우
의 일이라고 말해볼까. 어정쩡한 상태로 여기저기 둘
러보는 데서 연기'하기'가 시작되는 걸까. 달리 말해 어
슬렁거리는 배회의 감각을 아쉬움 없이 겪을 때만 엿

　　　　　정지혜 에세이

보이고 열리는 틈새, 품새, 품이 아닐까. 배우의 연기'하
기'야말로 영화의 정동, 정동의 영화를 만들어 내는 중
요하고 막강한 힘이다.

물을 겪기, 물로 불태우기

영화에 무엇이 나오면 좋아?

음. 음. 음. 넌 뭐가 좋은데?

노래하는 사람. 사람이 노래를 부를 때.
그건 음악과 달라, 노래와도 달라,
노래하는 사람이야, 사람이 노래할 때야.
뭔가를 더 설명하지 않아도 알 것 같아.
노래하는 몸이 전해주는 것을.

그래, 우리는 매일매일 노래하지 않으니까, 노래할
때면 몸은 멜로디를 따라 이리저리 흔들리고 움직이
겠지, 목소리도 오르락내리락하겠지, 떨리겠지, 감흥

도 감정도 일겠지, 가사를 되짚다보면 지난 시간도 떠오르겠지, 젖어들겠지, 빠져들겠지, 취하겠지. 그럼, 그럼, 몸도 마음도 풀어지겠지, 부드러워지는 거잖아, 야들야들, 보들보들, 연약하고 유연하게. 그런 건, 아무래도 좋은 거니까. 누군가 노래한다는 건 누군가가 무엇을, 누군가를, 그때를, 그 시간을, 그 생각을 부르는 거잖아. 단 몇 분 사이에 뭔가를 여기로 불러낼 수 있다니, 그런 게 가능하다니, 그걸 해내다니. 노래하는 사람, 사람이 부르는 노래, 참 묘해.

다시, 그럼, 너는?

음. 음. 음. 물.
무심히 흐르는 강물, 하염없음마저도,
변화무쌍한 바다, 부서지고 되살아나는 물거품까지도,
잠잠한 호수, 잔물결의 찰랑임조차도,
고요한 수영장, 작디작은 물보라 역시도,
물에 관해서라면 계속해 말할 수 있을 것 같아.

 정지혜 에세이

모든 영화가 아닌 어떤 영화는 물을 감상하는 차원을 넘어 물을 겪게 한다. 물의 투명함과 불투명함, 고임과 유동, 유한과 무한, 물의 부력, 표면 장력, 저항력, 파고와 파장, 고요와 리듬, 잔잔함과 격렬함. 정반대의 성격과 기질로 보이는 것들의 쌍이 한데 잠복해 있다가 특정한 상황과 조건 속에서 어느 하나가 압도적으로 드러나고 도드라질 때, 물이 보여주는 괴력, 폭발력. 그러고는 이내 침착해지는 놀라운 회복력, 탄력. 철학적 사유의 대상이자 구체적 형태로 발현되는 이러한 물의 물질성은 영화가 오랫동안 감각하고 싶어했고 영화가 구현하고 싶어한 영화적 상태이기도 하다. 영화란 때론 일상과 지상의 감각으로는 도저히 겪을 수 없고 도무지 상상할 수 없는 속도와 무게와 상태를 바라고 꿈꾸며, 바로 그 바람과 꿈의 형식으로 일상과 지상을 새로이 보고 듣고 겪게 한다. 이와 같은 물의 상태와 감각 앞에서 우리의 언어는 종종 길을 잃거나 언어화의 책무와 강박에서 얼마간 벗어나 자유로워질지도 모른다.

물의 상태를 떠올릴 때면 어김없이 장 르누아르, 나루세 미키오, 에릭 로메르의 영화가 생각난다. 해방의 장소로서 물을 떠올리면, 자신과 타자를 마주하기 위해 열린 세상으로 가는 마야 데렌의 〈뭍으로〉(1944), 아녜스 바르다의 〈아녜스의 해변〉(2008), 〈여기저기의 아녜스 바르다〉(2011)의 바다가 떠오른다. 활기로 넘실대는 물 앞으로 우리를 데려가는 〈7월 이야기〉(2017), 〈보물섬〉(2018), 〈다함께 여름!〉(2021)의 기욤 브락. 〈쥐잡이〉(1999), 〈스위머〉(2012), 〈너는 여기에 없었다〉(2017)로 이어지는 린 램지의 죽음 충동의 수장고로서의 강. 〈옐라〉(2007), 〈열망〉(2008), 〈바바라〉(2012), 〈트랜짓〉(2018), 〈운디네〉(2020), 〈미러 넘버 3〉(2025)처럼 완전히 떠나지도 되돌아와 정박하지도 못하는 역사적 시간의 경계, 유령과 죽음이 출몰하고 소거하는 크리스티안 페츨트의 바다, 강, 수영장. 3D 기술로 물의 물성을 체감하게 하는 동시에 물의 속성을 이야기가 만들어지는 이유와 과정과 엮은 이안의 〈라이프 오브 파이〉(2012). 원초적 감각을 일깨우고 시간의 역사가 켜켜이 쌓인 오다 가오리의 〈세노테〉(2019)의 물웅덩이…… 계속되는 물의 영화들.

일상에서 좀더 구체적으로 물을 이해하고 물을 생각하게 된 건, 수영을 시작하면서부터이다. 수영을 접

 정지혜 에세이

하게 된 건 순전히 내 안에서 일어난 일종의 반발심과 저항감 때문이었다. 주변의 수영 예찬론자들이 꼭 해보라 권할 때마다 어쩐 일인지 좀처럼 선뜻 마음이 나지 않았다. 물 가까이 다가서는 것을 뭔가가 막고 있기라도 한 듯이. 물에 대해 아프고 무서운 경험이 있는 것도 아닌데. 가만 생각해보면, 일차적으로 수영복을 입는다는 게 가장 큰 난관이었다. 몸을 훤히 드러내는 게 부끄럽기도 하고, 제모는 해야 할지, 한다면 어디까지 어떻게 해야 할지, 생리할 때면 아예 수영을 못 하는 건지, 그럼 수강료가 너무 아까운 게 아닐지, 탐폰 사용은 자신이 없는데 혹 시도했다가 수영장이 피바다가 되는 건 아닐지, 수영장에서 내 몸을 보는 시선은 견딜 수 있을지…… 나열하고 보니 하나같이 일어나지도 않은 일에 대한 근심, 걱정이었고, 무엇보다 내 몸에 대한 나 자신의 엄격함, 부끄러움, 수치심, 불편감과 연결돼 있었다. '수영을 해보고 싶은가, 하면 나에게 좋은가'를 생각하기보다는 타인의 시선에 사로잡혀 그들의 시선 아래서 옴짝달싹 못하는 수동적이고 방어적인 태도였다. 그런 이유로 수영을 꺼리고 있다고 생각하니, 갑갑하고 답답하고 몸도 마음도 거추장스러워졌다. 나를 틀

어쥐고 옥죄는 틀, 장애물, 가림막을 깨고 싶었다. '대체, 그게 뭐라고!'

　그렇게 시작한 수영에 빠져 물을 겪었다. 수영인으로서 연차가 쌓이면서 가장 크게 배운 게 하나 있다. 수영 역시도 호흡이라는 사실이다. 물속에서 앞으로 잘 나가기 위해서는 숨을 잘 쉬고 잘 내뱉어야 한다. 숨쉬기만 잘해도, 숨쉬기만 집중해도 물 먹을 일이 거의 없다. 힘겹지 않게, 비교적 편안하게 앞으로 나갈 수 있다. 마음이 번잡하고 생각이 많을수록, 숨쉬기에 오롯이 집중하지 못한다. 그럼, 어김없이 물을 먹고 속도도 나지 않으며 하릴없이 힘만 쓰다 돌아온다. 생각이 호흡에 가 있어야만, 호흡이 생각을 무화시켜야만, 몸도 생각대로 움직인다. 가뿐하게 물을 가를 수 있다.

　물이 너무 무거워요. 물을 이길 수가 없어요.

　물은 이길 수 없어요. 물은 이기는 게 아니에요. 물과 함께 흘러가야죠. 그렇게 물을 타 넘어야죠.

　우문현답. 수영 선생님의 저 말이 종종 떠오를 때가

　　　　　정지혜 에세이

있다. 내 식으로 다시 써보면, ‘힘을 빼고, 물이 돼라’ 정
도겠다. 역시나 힘을 빼고 물에 몸을 맡겨야 물과 만나
고 접촉하고 물을 탈 수 있다. 그때만이 느낄 수 있는 물
과 몸의 감각이 있다. 아마도 정동. 물을 둘러싼 이러한
경험 속에서 물의 상태와 닮은 영화를 더 많이 생각하
게 됐다. 내가 끌리는 영화가 물을 닮은 것 같았다. 직관
적으로든, 경험적으로든 그러했다. 물의 끝없는 순환,
환원, 흐름, 운동, 유연할수록 넘어설 수 있는 물의 역
능, 가능성. 그런 것이 되고자 하는 영화.

그뿐인가. 물이 오랜 세월 에로스와 타나토스의 은
유, 상징, 메타포로 쓰인 데는 이유가 있을 것이다. 사
랑과 죽음, 생과 사, 생성과 파멸이 한데 뒤섞여 휘몰아
치는 격정이 물 안에 유유히 꿈틀댄다. 어떤 영화는 우
리를 물 앞으로, 물속으로, 물귀신처럼 끌고 들어가 삶
과 죽음이 여기 있노라고, 그것을 똑똑히 보라 한다. 그
럴 때면 우리는 물 앞에서 난망하고 난감하고 허망하
고 물이 한없이 야속해질 것이다. 또 어떤 영화는 물 앞
으로, 물속으로 우리를 데려가 이토록 평온하고 안온
한 물의 정령과 상태를 마주하라 한다. 기꺼이 물의 자
유를 만끽하고 싶게 만든다. 환희와 쾌락과 열망을 물

로 불태우게 할 것이다.

플로모션, 계속 흐르기 위해

비평가의 일이란 비언어적 예술인 영화를 언어로 말하고 써보고자 안간힘을 쓰는 일일 것이다. 그것은 비평'하는' 내 몸의 상태이기도 하다. 비언어적 정동에 마구 흔들렸다가 그 흔들림을 가까스로 붙잡아두기 위해 부단히 시도하는 몸짓. 가능하다면, 그런 상태의 쓰고, 말하는 몸을 더 적극적으로, 구체적으로 의식하고 싶다. 정동의 영화를 만났을 때, 비평하는 내 몸과 마음은 한층 충만해진다. 나를 움직이게 하는 영화와 더 깊이 마주하고, 마주치고, 만나고 싶다. 그런 영화 앞에서 영화와 함께 출렁대고, 흔들리고, 움직이고 싶다. 바로 그것이 내 글의 상태이자, 내 글의 형식이기를 바라면서. 확신에 차서는 고정된 하나의 형식을 고수하고 그것을 반복하지 않기를, 매번 같은 것으로 수렴되거나 어느 하나에 압도되지 않기를. 그럴 수 있다면, 개별의 영화 고유의 형식이 있듯, 매번 눈앞의 바로 그 영화에 맞춤

 정지혜 에세이

한 다른 형식의 글이 되기를, 그런 글을 쓸 수 있는 몸과 마음이기를, 흐름과 움직임을 이해하고 받아안는 삶이 되기를.

이런 바람으로, 2024년 8월 '플로모션flowmotion'이라는 이름으로 영화에 관한 강연, 워크숍, 상영회 등을 아우르는 자리를 직접 기획해 진행해오고 있다. 프리랜서 영화 비평 노동자로 살면서 내게 주어진 일을 잘해나가는 것과 별개로, 그것을 더 잘하기 위해서라도 내 나름의 기획으로 자리를 만들어가는 게 필요했다. 이러한 시도의 기저에도 역시나 기존의 시스템과 반복되는 일상에 대한 반발과 저항이 흐른다. '그게 뭐라고, 일단, 한번, 직접, 만들어보자'는 심정. 하나의 형식을 고수해나가기보다는 그때그때 관심 가는 주제를 정하고 그것에 맞춰 필요한 형식, 적절한 형태, 가능한 플랫폼을 달리 가져가는 게 플로모션 운영의 기조이자 목표다. 집중해서 1인과 대담을 나눠야 하면 그렇게 하면 된다. 강연과 토크가 결합한 형식이 낫다 싶으면 또 그렇게 하면 된다. 상영과 대담이 좋겠다 싶으면 또 또 그렇게 하면 된다. '흐름flow'과 '움직임motion'을 둘러싼 내

오랜 관심사와 분명한 기질을 반영해 '플로모션'이라는 이름을 짓고 그 이름을 자주 불러보려 한다. 비평가로서, 좀더 넓게 보자면, 글 쓰는 사람이라는 정체성을 갖고 출발한 사람으로서 글의 세계가 어디까지 어떻게 확장되고 깊어질 수 있는지를 타진해보고 가늠해보고 싶다. 더 가보고 싶다.

'어째서 비평은 영화가 완성된 이후에나 시작되는 것일까. 영화가 시작되기 이전에, 미래에 만들어질 영화, 다음에 도착할 영화에 관해 비평할 수는 없는 것일까. 그런 것을 해보려면, 무엇이 필요할까. 감독과 비평가가 함께 영화를 공부하고, 영화를 만든다면? 에세이에 가까운 비평을 쓴다면? 비평과 비평가를 둘러싼 내 안의 고정관념, 편견, 상을 나부터 깨자, 털어버리자, 다시 짓자. 영화와 비평을 둘러싼 제도, 산업, 형식, 내용, 플랫폼을 가로지르고 넘나들며 거듭 기획하고, 제안하고, 쓰고, 말하고, 원한다면, 필요하다면 영화를 만들고 무대를 꾸리고 연기하고 생산하고 제작하고 도모하고 실행하고 싶다. 자신의 '크레디트'를 스스로 쓰고 갱신하기. 이름을 새로이, 다르게, 다시, 계속 써나가기. 짓고, 잇기. 그런 것을 하는 몸 되기, 그런 상태이기.

　　정지혜 에세이

몸 안쪽에서 온갖 것들이 뒤섞여 나는 소리가 들린다. 두런대고, 중얼거리고, 울부짖는가 하면, 꾸르륵거린다. 살 밑의 주름들과 심장의 주름들에서, 생각들의 습곡과 욕망들이 접힌 곳에서. 이런 주름들은 다 이상하게 구겨져 있거나 가장자리가 풀어헤쳐져 있다. 나이도, 자제심도, 휴식도 없다. 소리를 내지 않으면서도 마구 일어나는 충동으로 주름들이 다 찢어질 정도다.

이 모든 매우 낮은 소음들을 들을 수 있도록 소설가에게 제공된 것이 바로 등장인물들이다.(실비 제르맹, 『페르소나주』, 1984Books, 2022, 70쪽)

내 안의 깊고 낮은 충동에 귀기울일 수 있기를, 그로부터 만들어나갈 나만의 창작물들, 등장인물들과 만나기를. 이렇게 불러볼까. 친애하는 나의 등장인물들이여. 미지의 당신들 곁으로 더 가까이 다가가 그대들과 마주하겠다. 그대들의 작디작은 숨소리에 귀를 기울이고, 그대들의 깊은 울림을 천천히 읽어내며, 주저 없이 말 걸겠다. 그대들과 함께하는 창작의 세상에서 어디로든 움직여 흘러가기를, 우리가 닿지 못할 곳은 없다는 듯이. 이렇게도 저렇게도 변신하기를, 우리가 될 수

없는 건 이미 이 세상의 것이 아니라는 듯이. 그리하여
세상과 다르게 만나기를. 그것이 나와 그대들을 살아
움직이게 하는 구체적인 피, 뼈, 살, 생이 되기를, 볕, 빛
이 되기를. 그러한 상태로, 그러한 세계로, 그러한 쪽으
로, 그 곁으로, 그 가까이로, 그 방향으로, 안부를 전합
니다.

 　　　　　정지혜 에세이

밤나무 가지에
이름 모를 해조가

정기현 소설

벽 위 가느다란 창문으로는 한곳에 뿌리내린 지 이십 년이 지난 은행나무 잎들이 충분히 익지 않은 얼굴로 바람이 불 때마다 흔들리고 있었다. 잎의 흔들림에 따라 잎 사이 벌어진 틈이 위치를 바꾸었고 한낮 내리쬐는 햇빛은 이쪽으로 뻗치던 손길을 다음 바람결에는 저쪽으로 뻗치며 테이블 위를 어지럽혔다. 모양과 높이, 색깔이 각기 다른 네 개의 의자와 함께 휴게실 가운데 놓인 낡고 둥근 테이블 위에는 움직이는 빛 외에도 몇 가지 물건들이 더 놓여 있었다. 둥글넓적한 주먹밥들이 담긴 반투명한 용기 하나. 직사각형으로 자른 김이 든 또 다른 반투명한 용기가 하나. 자르지 않은 김이 베고 자도 좋을 만큼 가득 담긴 비닐백 하나. 젓가락 두 쌍. 그리고 마주앉은 두 사람의 팔 넷, 손 넷, 손가락과 손톱이 열 개씩.

어쩌면 이렇게 앉아 밥을 먹는 시간도 마지막일 것이다.

마지막이라는 자각은 아주 작은 기척마저 감각하도록 만들어주어, 기주는 테이블 위에서 벌어지는 일들에 온 정신을 기울이게 되었다. 주먹밥이 든 통과 자른 김이 든 통의 뚜껑을 차례로 여는 동료의 손, 뒤이어 주먹밥을 하나 집어 들고는 자른 김 위를 도장 찍듯 누른다. 동료는 주먹밥의 찰기에 딸려 나온 김 한 장을 손잡이 삼을 수 있도록 주먹밥 절반을 마저 감싼 뒤 그것을 기주에게 건네었다. 주먹밥은 차지도 뜨겁지도 않았으나 어쩐지 방금 막 만들었다고 생각하게 되는 모양새였다.

*

기주의 동료 선정은 겨울이 되면 김을 구워 머릿속에 떠오르는 이들에게 선물하였다. 선정은 겨울 초입

  정기현 소설

의 주말이 오면 엄마와 함께 종일 김을 구웠다. 부엌 바닥에 신문지를 깔고 그 위로는 김과 프라이팬, 들기름과 참기름을 섞어 담은 국그릇과 기름을 김에 바를 붓하나를 올려두었다. 선정은 기름을 바르는 일보다 깨끗한 프라이팬에 김을 올려 굽는 일이 더 좋았지만 까만 김이 알맞게 구워졌다고 확신하기에는 보기보다 어렵고 섬세한 작업이었다. 선정은 언제나 이번에는 자신이 김을 굽겠다고 나섰으나 몇 차례 김을 뒤집고 나면 엄마가 이제 됐지? 하는 눈으로 선정을 물끄러미 바라보았다. 선정은 별수 없이 자리에서 일어나 다시 기름 붓을 쥐었다. 기름 바르기는 굽기와 달리 기름을 바른 부분과 바르지 않은 부분을 쉽게 알아볼 수가 있어 선정은 기름을 바르며 머릿속으로 다른 생각을 할 수도 있었다.

기주 씨에게 이 김을 주는 것도 마지막이구나. 기주 씨는 이 많은 김을 꼭 일주일 만에 다 먹었다며 선정이라면 사지 않을 물건을 선물로 주었는데 이번에는 그것을 받지 못하고 작별하게 될 것이다. 그동안 받았던 것들: 스위스나이프. 선정의 이름을 각인한 펜. 주먹밥 모양의 손가방. 일본 여행에서 샀다는 아주 촘촘한 빗.

뒷면이 그저 새카맸던 김 엽서. 다른 물건들이 더 있을 텐데 선정이 당장 떠올릴 수 있는 것은 이 정도였다. 내일은 기주 씨에게 김을 선물하고 주먹밥을 먹이고, 그로부터 이틀 뒤면 구 년 동안 다닌 회사를 영영 나오게 된다. 선정은 퇴사를 열흘 앞두었을 때부터 남은 일을 하다가 문득 멈추고 빈 책상과 책꽂이를 바라보았다. 빈 책상과 책꽂이, 손때 탄 키보드와 전화기들은 선정에게 무언가 전하고 싶은 말이 있는 듯하였지만 선정이 아무리 귀를 기울여보아도 그 말을 들을 수는 없었다. 다만 그것들이 자신에게 전할 말이 있다는 사실만을 정확히 알았다.

머칠 전에는 선정의 자리로 전화가 걸려와 네 임선정입니다 하고 받았더니 발신자가 대뜸 안녕— 하였던 일이 있었다. 선정은 드디어 전화기가 내게 작별 인사를 건네는 걸까 생각했으나 목소리의 주인은 따로 있었다. 선정이 이 회사에서 일을 시작한 시기와 비슷한 무렵 남도의 제철소에 취직을 하였던 대홍이었다. 대홍은 선정으로서는 처음 듣는 경쾌한 목소리로 이제 이 전화를 쓸 일도 며칠 안 남았을 테니 휴대폰 대신 이리로 전화를 걸었다고 말했다. 그러고는 선정이 광양

　　　　　정기현 소설

에 오기로 한 날 여수 터미널에 몇시에 도착하는지를
다시 한번 확인하였다. 여수에서 광양까지는 차로 이
십 분. 다음으로 대홍은 선정이 예약한 숙소 이름과 위
치를 물었고 선정은 목소리를 죽여 중동 해오름모텔,
(뭐라고? 뭐라구요?) 중동 해오름모텔! 답하고는 전화
를 끊었다. 옆자리에 앉은 기주 씨와 앞자리에 앉은 차
장이 다 들었겠지…… 나갈 마당이 되니 개인 용무도
회사 전화로 본다고 생각하려나. 회사 전화로 친구와
이야기를 나누다니 구 년 동안 이런 일은 처음이네, 선
정은 달아오른 얼굴로 잠잠한 전화기를 내려다보았다.

*

선정의 대학 시절 친구 대홍은 해가 침대 허리춤까
지 볕을 드리우는 한낮, 햇빛에 발이 달궈지는 감각을
만끽하였다. 주말에는 잠을 자느라 바빠 종일 두꺼운
커튼을 쳐 집 안으로 볕이 한 발짝도 들어오지 못하도
록 하였으므로 발가락 사이사이 스미는 온기는 평일
낮에만 누릴 수 있는 호사였다. 대홍은 내일부터 이어
질 선정과의 2박 3일을 위해 선정이 이곳에 오기로 한

날 하루 전부터 휴가를 냈다. 계획에 틀어짐이 없을지 마지막으로 점검하기 위함이었다. 선정을 마지막으로 본 것이 동기 부친상 장례식장에서였으니 벌써 삼 년도 더 전이었다. 서로 말을 높였는지 아닌지도 가물가물하였다.

어떻게 하다가 다시 선정과 연락이 닿았더라? 선정과 친하게 지내던, 노무사를 준비했던 친구의 연락처를 물어보기 위해. 그러나 선정도 그 친구와 만난 지 너무 오래 지나버렸다고 했다. 이야기는 선정의 퇴사 소식 쪽으로 흘러들었고 그럼 남도 한번 놀러와야지 지금 날도 좋은데. 대홍이 건넨 말에 선정이 의외로 덥석 그러겠다고 답한 것이었다.

매일 지나다니는 길을 새로운 눈으로 재구성하여 다른 이에게 소개하기란 쉽지 않은 일이었다. 내게는 이미 다 같은 층위가 되어버린 일상의 장면들 중 무엇을 길어 올릴 것인가, 길어 올린 것들을 어떻게 이어볼 것인가, 이어낸 결과물에 대해 어떤 말로 설명할 것인가. 이것은 소설 한 편을 써내는 일이나 다름없었고 대홍은 자기에게 주어진 것들, 그러니까 소설의 소재라고 할 만한 것이 무척이나 빈약하다는 사실에 울적해졌

          정기현 소설

다. 일을 하고 집으로 온다. 가끔 고등학교 농구장에 가서 농구도 하고 즐겨 가는 식당은 반찬이 자주 바뀌는 백반집. 광양 시내라고 할 만한 곳에는 음식점이 무척 많고. 한 블록을 지나면 마사지숍과 정신과와 상담소가 많고. 대홍은 언젠가 동료의 안내에 따라 그중 몇 곳을 들러보기도 하였다. 상담소에서 들은 말을 대홍은 하루에도 몇 번씩 중얼거리고는 하였다. 아무래도 도망치는 게 편할 것 같다? 그러면 도망치세요. 이중에서 선정과 함께할 것은 보이지가 않았고 대홍은 광양에 사는 자신조차 경험한 적이 없는 일들을 탐색해보기로 하였다.

그리하여 불고깃집? 예약해두었고. 기막힌 꿀차를 만들어 파는 카페도 미리 들러보았다. 선정이 제철소를 구경하고 싶다고 하여 제철소가 양옆으로 늘어선 천변을 거닐까 싶었으나 기왕이면 구석구석 보여주어야겠다 싶어 자신이 근무하는 제철소가 아닌, 천변 너머 제철소 견학도 예약해두었다. 아는 얼굴을 마주치지는 않겠지. 물론 마주쳐도 그만이기야 하지만. 대홍은 누구에게도 허둥대는 모습을 보여주고 싶지 않았고, 절대로! 그것은 대홍이 세상에서 가장 싫어하는 일이었기에 머릿속으로 내일 선정을 만나 할 일들을 끊임없이 되새겼다. 그러고 나니 대홍은 가야 할 곳들을 이미 다 다녀온 것처럼 지쳐버리고 말았다. 누워만 있었는데 꼭 근무라도 한 것 같은 기분이네. 그러나 발끝을 데우는 온기가 여기는 제철소가 아니라 대홍의 집 침대 위임을, 어린 동생을 달래듯이 천천한 말씨로 일러주었다.

대홍은 날이 어두워지기 전 동선을 마지막으로 한번 더 점검해두기 위해 침대를 박차고 일어났다. 제철소 견학을 마친 뒤 꿀차를 파는 카페에 갈지, 아니면 카페에 먼저 들렀다 제철소에 갈지, 무엇이 더 나은지를 가늠하고자 대홍은 천변을 가로지르는 다리 위를 네 번씩이나 왕복하였다.

*

천변 위 다리 한가운데에는 직사각형 모양의 거대한 철제 구조물이 서서 천변을 떠내려가는 나뭇잎과 제철소 굴뚝에서 뿜어져 나오는 연기, 그리고 때때로 다리 위를 오가는 사람들을 바라보며 시간을 냇물처럼 흘려

보냈다. 구조물의 이름은 태인동 김 동상. 김 동상은 세계 최초로 김 양식이 시작되었던 태인동의 역사를 기리기 위해 마른 김 모형을 형상화한 격자무늬 철제 조형물, 스스로를 소개하는 설명문을 등에 부착한 채 검은 위용을 내뿜었다.

대개 어제와 다를 바 없는 풍경이었으므로 김 동상은 동상다운 너그러운 눈길로 그 모두를 꿰뚫어 보는 동시에 그저 내버려두었다. 사건이랄 게 없는 교각이었으나 늦은 오후에는 웬일인지 같은 자동차가 다리 위를 네 번씩이나 오가며 소란을 떨었다. 무슨 일이기에 저리 부산스러운 것이냐…… 김 동상은 차량이 네 번째로 다리를 지날 때 운전석 쪽으로 지긋한 시선을 드리웠다. 그러자 대홍의 사정이 곧장 김 동상에게 스미어 동상은 그의 화급한 마음을 단번에 이해하게 되었다. 한자리에 붙박여 움직이지 못하는 대신, 바라봄만으로 대상의 사정을 모두 알게 되는 능력은 세상 모든 동상이 날 때부터 지닌 능력이었다. 운전을 하면서도 공상에 빠져 실상 아무것도 보지 못하고 있는 저기 저 청년은 내일 한 여인을 이곳으로 초청하여 구경을 시켜주려는 모양인데…… 김 동상이 보기에 대홍이 마련한 계획도 나쁘지만은 않았으나 그렇다고 충분하지도 않았다. 그가 계획한 대로 바쁘게만 움직였다가는 선정과 얼굴을 마주볼 시간이 없을 것이다. 선정이 광양까지 오는 것은 이곳이 궁금해서라기보다는 누군가에게 자신의 사정을 털어놓기 위함일 터인데 지금 대홍은 그것을 몰랐다.

김 동상은 대홍에게 이런 것들을 알려주고 싶었다. 선정은 겨울마다 집에서 직접 김을 구워 동료에게 나누어주는 사람이라는 사실. 선정이라면 다리 위 김 동상, 그러니까 내게도 유별난 주의를 기울일 것이고 대홍이 다니는 제철소 터가 수십 년 전까지만 하여도 김 양식장이었다는 사실에 흥미를 보일 것이다. 그러므로 선정이 광양에서 마음 둘 곳은 불고깃집이나 항구 횟집이 아닐 것임이 분명하였다.

외로운 청년들이로구나…… 김 동상은 오랜만에 사람들 사이의 일에 손을 뻗쳐보아야겠다고, 짓궂지만 다정한 노인 같은 다짐을 하였다. 클 클 클……

*

태인동에 김 동상이 세워진다는 소식이 들려왔을 무렵부터 남도 김 양식장의 김들은 간담이 서늘해졌다. 김들은 9월부터 3월까지 바닷물에 몸을 담근 채 바삭한 김의 몸을 만드는 일에 온 힘을 다하였다. 이물질을 제거하기 위해 그물을 뒤집으러 사람이 그 곁에 오는 순간을 제외하고, 김들은 물밑에서 쉴 새 없이 재잘거렸다. 해류에 따라 이쪽저쪽으로 흩날리는 김들은 무언가 악한 것이 바닷속에 숨겨둔 검은 날개 같았으나, 실상 만나는 사람들이라고는 말 없는 어부들뿐이었으므로 차라리 순진한 편이었다. 말 만들기를 좋아하는 사람들은 바다 가운데 도열한 김들을 일컬어 바다의 목장이라 부르기도 하였다.

김들에게는 태인동에 김 동상이 세워졌다는 소식이 그야말로 청천벽력이었는데 동상이 세워지는 순간 동상이 상징하는 것은 그 안에 봉인되어 영원히 과거에 갇혀버린다는 사실을 김들도 다 아는 탓이었다. 해남과 장흥과 신안의 김들은 특히 두려워하였다. 언젠가부터 광양에서 김 대신 철이 나듯이 자신들 역시 물밑에서 고개를 내밀지 못하는 날이 오리라고 확신하였다.

언젠가는 말이지.

응 언젠가는 말이야.

바다가 너무 따뜻해져서.

응 물 아래로 스미는 이 부드러운 빛을 느껴봐.

아아 참 좋다……

응 그렇지…… 이야기를 계속해봐.

우리는 까맣게 마르는 대신 노랗게 병이 들어서.

응 벌써 그런 친구들이 많잖아.

그게 다 이 따뜻한 물 때문이라는 것도 알고 있어?

응 모를 수 없지.

왜 좋은 것은 영원할 수 없을까!

응 아무래도 좋은 것은 영원할 수 없지. 그런데 바꿔 말해볼 수도 있다.

영원할 수 없어서 좋은 것이다?

응 이미 잘 알고 있구나……

그럼. 우리는 모두가 모두의 생각을 알지.

응 우리는 합창하듯 대화하니까.

질문하는 김과 대답하는 김이 이내 같아지고.

응 그렇게 모두를, 모든 것을 알 것 같은 기분.

따뜻함에 대한 이야기로 선율을 바꾸어보자.

응 그렇지. 이곳이 자꾸 따뜻해지면 노랗게 변하는 김들이 늘어나고. 그다음은?

그러면 사람들은 자꾸만 위쪽으로 올라갈 거야.

응 안 그래도 그런 이야기가 나오고 있대.

무슨 이야기?

응 그러니까 말이지…… 수온 상승으로 남도의 김이 노랗게 변하는 일이 반복되자 남도의 김 양식장은 문을 닫는다. 이곳에서 김 양식업에 종사하던 사람들은 북한으로 파견된다. 아직 물이 찬 그곳의 바다에서 부류식 김 양식을 함께하기 위해서. 김 포자를 바다에 넣어 키운 뒤 닻으로 김발을 올려 수확한다. 파래나 감태 같은 이물질이 끼지 않게 하기 위해 자주 김발을 뒤집어주어야 한다. 북한의 김 업자와 남한의 김 업자가 나란히 수확한 물김을 펴고 말리고 잘라 판매까지 하게 되면 우리는 동상이 된다.

우리가 동상이 된다고?

응 우리도 동상이 될 수도 있대.

태인동 김 동상처럼?

응 태인동 김 동상처럼.

김들은 눈물을 흘렸다. 눈물만은 제각각 다른 리듬으로 바다에 스미었다. 태인동 김 동상은 물 아래 김들이 자신의 존재를 두고 슬퍼한다는 사실을 그들의 눈물로부터 알게 되었다. 김 동상이 종일 내려다보는 물줄기의 유속이 느려진 탓이었다. 이것은 김들로서는 몰랐던 사실. 혹은 자신들의 슬픔에 빠져 김 동상의 슬픔쯤은 중요하지 않았는지도.

김 동상은 온몸으로 세상을 감각하였다. 그렇게 세상 모든 이야기를 자기 안에 품었다. 원한다면 지구 반대편에서 빨래를 널고 있는 이의 머릿속도 들여다볼 수 있었다. 김 동상은 그것만으로도 하루에도 몇 번씩 클클 웃고는 하였는데 김들의 속삭임에는 웃을 수가 없었다. 김 동상은 따끔거리는 마음을 회복하느라 눈과 귀를 닫기 위해 무던히 애썼다. 애쓰다보면 김들의 말들까지 품을 수 있을지도 몰랐고 다른 방법이 없기도 하였다.

거대한 김이 드리워진 듯, 곳곳에 흰빛을 내뿜는 별들이 박힌 까만 밤하늘. 김들의 말을 마침내 품을 수 있게 되어 하늘을 올려다보았을 때 김 동상의 안에서 바깥으로 고개를 내민 한 사람이 있었다. 이 모든 것의 시

 정기현 소설

작이라 말해도 좋을 그의 이름은 김여익. 육백 년 전쯤 이곳에 머물며 김을 발견했던 자다. 이렇듯 시간은 흐르고 시간은 다음 장면을 보여준다. 시간은 아주 많은 장면을 지니고 있었다. 동상과는 비교할 수 없을 만큼. 동상은 시간이 되고 싶었다. 그 소망이 동상의 많은 밤을 살린 바 있다.

*

전라남도 영암군 학산면에는 몽해夢海라는 마을이 있는데 꿈꾸는 바다라는 이름 탓인지 그 마을에서는 때때로 꿈꾸듯 삶을 사는 사람이 나고는 하였다. 김여익도 그중 하나였다. 그의 꿈꾸는 버릇은 그로 하여금 다른 이들은 갖지 못한 용기를 내게 하였다. 김여익은 1636년 병자호란이 일었을 때 의병을 일으켜 청주에 이르렀다. 그러나 1637년 1월 인조 15년, 인조가 청나라에 항복하였다. 인조는 삼전도에서 청나라의 황제를 향해 아홉 번 절하고 머리를 세 번 땅에 찧었다.

김여익은 슬프고 부끄러워 나고 자란 고향인 몽해로 돌아가지를 못하였다. 그때 김여익이 머물기로 택한

곳이 바로 지금의 김 동상이 서 있는 태인동이다. 꿈을 꾸던 김여익의 마음에는 실패 슬픔 부끄러움 외로움 무료함과 같은, 부푼 꿈이 꺼졌을 때 그 그물에 끼기 마련인 이물이 깃들었다. 김여익은 그물을 뒤집는 마음으로 매일 밤 태인동 해안을 오래도록 거닐었다. 얼마간은 자신의 안을 보며 걸었고 또 얼마간은 자신의 발을 보며 걸었다. 그러자 점차 발가락 사이를 오가는 모래알과 바닷물을 바라보면서도 걸을 수 있게 되었는데 그때 김여익의 눈에 띈 것이 있었다.

밤나무 가지에 걸린 잎사귀가 흩날리는 모습이었다. 처음 밤나무에 눈길이 닿았을 때는 나뭇가지에 달린 나뭇잎이 밤바람에 흔들리는 것은 당연지사라 여겨 그대로 지나쳤으나 김여익은 곧 걸음을 멈추었다. 한겨울이었으므로 밤나무에 잎이 남아 있을 리 만무했다. 왔던 길을 되돌아가니 나뭇가지에서 흔들리는 것은 잎사귀라기보다는 가난한 선비의 짓찢긴 두루마기 같았다. 문득 비린내가 훅 끼쳐 왔다. 등골이 서늘해졌으나 또 뒷걸음질칠 수는 없는 노릇이었다.

김여익은 손을 뻗어 그것을 맛보았다. 반쯤 말라 펄럭이던 해조는 맛이 참 좋았다. 김여익은 이름 모를 해조를 한 움큼 걷어 집으로 향했다. 도착해서는 손이 너무 시려워 펼쳐둔 이불 아래 곧장 집어넣었고 그 탓에 맛 좋은 해조의 비릿한 향은 김여익의 방으로 거처를 옮겨 김여익이 계속 그 생각 안에 빠져 있도록 만들었다. 이듬해부터 해마다 해조를 바람에 말리는 일을 반복하였다. 그 검고 바삭한 해조의 이름은 김여익의 성을 따 김이 되었다. 몽해에서 나고 자란 이의 이름은 이토록 오래도록 세상에 남았다.

*

이름 남김과 관해서라면 사람을 네 부류로 나누어볼 수 있다. 이름을 영원히 남기고 싶어 그렇게 한 자, 이름을 영원히 남기고 싶었으나 그렇게 하지 못한 자, 이름 남김 따위에는 관심이 없으나 자신보다 이름의 수명이 길어진 자, 이름 남김 따위에는 관심이 없어 완전히 자취를 감춘 자.

이름을 영원히 남기고 싶어 그렇게 한 자로는 김여익이 있겠다. 품은 꿈대로는 아녔으나 김여익이 이름을 남겼다는 사실은 부인할 수 없겠다.

이름을 영원히 남기고 싶었으나 그렇게 하지 못한 자로는 1840년대 김여익 생가 인근에 적을 두었던 엄씨 가문의 한 이름 모를 청년이 있다. 청년은 식사 때마다 귀에 인이 박이도록 김여익의 이름을 들었다. 흰밥에 싸먹으면 그만인 김의 이름을 한 사람의 성씨에서 따왔다는 사실을 집안 어른들이 질리지도 않고 입에 올렸던 탓이다. 청년의 아비 되는 사람은 김여익의 이름을 읊은 뒤면 반드시 이렇게 말했다. 넌 무엇으로 이름을 남길 터이냐. 청년은 김여익이 그러하였듯 매일 밤 고을 안과 밖을 걷는 일로 시간을 보냈다. 하늘이 염원에 보답을 내려준 것인지 그는 머지않아 하얗고 탐스러운 버섯 한 송이가 마을 입구 소반바위 옆에 홀로 선 것을 발견하고는 다음날 친우 몇에게 이 버섯을 본 적이 있느냐고 물었다. 질문을 받은 친우들은 하루가 멀다 하고 잡풀들을 가져와 살아생전 이런 것을 본 적이 있느냐고 묻는 엄씨의 행동이 지긋지긋해지던 차였다. 그들은 청년이 버섯을 발견하기 전날 말을 맞추어 만일 다음날에도 엄씨가 비슷한 질문을 한다면 그게 무엇이 되었든 아니 이런 것은 태어나 처음 본다고 답하기로 하였다. 엄씨는 이 버섯이 먼 훗날까지 엄이라

불리기를 바라며 버섯 맛을 보았고 오 분이 채 지나지 않아 죽음을 맞았다……

이름 남김에는 관심이 없으나 이름 남김의 현현으로 존재하는 태인동 김 동상은 때때로 귀가라는 것을 하고 싶었다. 귀가하여 침대에 누워 이불을 머리끝까지 덮고 오늘 점심 식사 와중 그 말만은 하지 말았어야 했는데 하는 후회로 한밤을 지새우고 싶었다. 다음날에는 아차차 생각보다 늦게 일어나버렸구나 하고 서둘러 머리를 감으며 이를 닦고 싶다는, 어디서 나타났는지 모를 연약한 소망에 문득 쓸쓸해지고는 하였다.

대홍과 선정은 이름 남김 따위에는 관심이 없었고 이대로라면 세상에서 완전히 자취를 감출 수도 있었다. 이미 무척이나 고요한 삶이었지만 이보다 완벽하고 아늑한 고요가 있으리라는 막연한 예감이 대홍과 선정 모두에게 깃들어 있었다. 둘은 삶에 너무 지쳐버렸다. 선정이 서울에서 광양을 찾았듯 시끄러운 곳에서 조용한 곳으로 이동하는 것만이 아니라, 삶에서 삶 아닌 곳, 삶의 질서로부터 질서라곤 없는 다른 곳으로의 이동이 가능하기를 바랐다. 고요함을 갈망하는 그들의 바람 그 자체, 혹은 바람과 가까워 바람을 거의 해

소해줄 만한 무언가는 의외로 지척에 있었는데, 김들의 대화 방식이 바로 그것이었다. 물 아래 잠긴 채 자라는 동안 김들은 물결 따라 나풀거리며 끊임없이 서로 이야기를 나누었는데, 여기까지는 우리가 이미 읽어서 아는 바이고, 그들이 입이 아닌 온몸으로 말한다는 사실은 대홍과 선정이 앞으로 나아갈 길을 위해 지금껏 아껴둔 사실이다.

하나의 김이 말하는 동안 그의 말을 듣는 김들은 해류에 따라 몸을 움직였다. 그것은 김들의 끄덕임이었다. 거대한 검은 장막이 바다의 뜻대로 끄덕이는 동안 말을 이어가던 하나의 김은 해류와는 다른 고유한 움직임으로 펄럭였다. 물결을 거스르는 이 움직임은 김이 어떤 이야기를 하고자 하는지를 잘 보여주었다. 말하는 김의 움직임은 그를 중심으로 조금씩 옆으로 퍼져나갔고 마침내 양식장의 김들이 다시 하나가 되어 움직이기 시작하면 김은 내 이야기가 모두에게 전해졌구나 이해하고는 말을 끝마쳤다. 김들은 자신들의 대화법을 일컬어 합창이라 하였다. 마침내 바닷물의 흐름까지 김들의 움직임을 따라 방향을 달리하고 나면 또 다른 김이 또 다른 움직임으로 이야기를 시작하였다. 반복.

대홍과 선정이 김들의 대화법을 체득하는 날이 올까. 김 동상은 그들이 그러할 수 있도록 힘이 닿는 데까지 도와보겠다고 다짐하였다.

*

태인동 김 동상의 인도에 따라 대홍과 선정은 계획에 없던 곳에 발을 들였다. 전라남도 광양시 김시식지 1길 57-6. 이 주소로 찾아가면은 김에 관한 이야기가 오종종 모여 있는 김 시식지에 입장할 수 있다. 대문을 지나면 왼편으로는 김여익의 행적을 기리는 비석이, 그 위쪽으로는 후손들만 들어갈 수 있는 것인지 굳게 잠긴 문과 문 너머 사당이, 그리고 대문 오른편으로는 김여익의 초상이 걸린 작은 건물이 있다.

초상 속 김여익은 새하얀 두루마기를 입고 커다란 귀와 잿빛 수염을 매단 길쭉한 얼굴을 한 채 문 안으로 두리번거리며 입장하는 사람들을 바라보았다. 방문객들은 김여익과 눈을 맞추고는 그가 먼저 입을 열 것을 기다리는 듯 한동안 그 앞에 서 있었는데 김여익은 약간 굽은 듯한 등을 펼 기미조차 없으므로 그들은 이내 초상 앞을 떠나 걸음마다 놓인 김에 관한 글들을 읽어 내려가고는 하였다.

빨간색 야구 모자를 쓴 아이가 초상 앞을 빠르게 지나가고 그 뒤를 이어 손에 아이의 가방을 든 아빠와 손에 아이의 외투를 든 엄마가 지나가고 점심때가 다 지나도록 사람들의 발길이 잠시 끊겼다가 뻐근한 듯 팔을 빙빙 돌리는 안내소 직원이 지나가고 친구 사이로 지낸 지 올해로 육십 년인 허리가 꼿꼿한 노인 둘이 지나간 뒤 선정과 대홍이 김여익의 초상 앞에 섰다. 대홍은 긴 머리를 아무렇게나 묶은 선정의 뒤통수를 바라보았고 선정은 김여익과 눈을 맞추며 이 사람이 내게 김을 먹게 해준 사람……이라는 생각을 하였다. 전날 대홍이 짠 계획에 따르면 두 사람은 지금 불고깃집에서 식사를 마치고 막 나왔어야 했지만 오늘 아침 다리 위에서 벌어진 요사스러운 일이 그들을 이곳 김 시식지로 이끌었다. 둘은 김 동상의 뜻을 눈치채지 못하였으므로 모든 알 수 없음을 그저 요사스러운 일로 치부할 뿐이었다.

오전 여덟시 이십분 여수역에서 선정을 차에 태운

          정기현 소설

대홍이 제철소 건물을 양쪽 물가에 거느린 강 위 다리를 지날 때였다. 다리의 한가운데쯤 이르자 오른쪽에서 강한 빛이 번쩍였다. 그 환한 빛 탓에 일순간 아무것도 보이지 않아 대홍은 차를 멈춰 세워야 했다. 선정과 대홍은 곧바로 서로를 바라보며 괜찮냐고 물었고 잠시 아무 말도 않고 고개를 돌리는 일에도 조심을 기울이며 기다려보았으나 빛의 전과 후가 전혀 다르지 않아 안심하였다.

이게 무슨……

뭐였지 방금……

둘은 차에서 내려 빛의 발원지로 짐작되는 곳을 향해 살금살금 걸었다. 다리 위에 놓인 어떤 것도 위험해 보이지 않았다. 둘의 살금살금이 사건에서 모험으로 양태를 바꾼 덕택에 발걸음이 가벼워졌다.

이게 빛난 것 같죠?

아마도……

둘은 거대하고 네모난 철제 구조물을 구석구석 살피며 강렬한 빛의 원천을 찾고자 하였지만 그들의 시도는 수포로 돌아갔다. 대신 그들이 구조물로부터 알아낸 것도 몇 있었다. 구조물의 이름이 태인동 김 동상이

라는 것과 이곳 태인동이 한국에서 처음으로 김 양식
이 시도된 고장이라는 것.

선정과 대홍 사이에 선 태인동 김 동상은 자신의 이
름이 사람의 목소리를 탄 게 얼마만인가, 이름을 읊는
둘의 음성과 자신의 몸을 살피는 둘의 몸짓이 무척이
나 간지러웠다.

김! 저 김을 정말 좋아해요.

선정이 말하자 대홍이 이렇게 답하였다.

태인동에 김 시식지라는 곳이 있어요.

바로 이것. 김 동상이 둘 사이에 끼어든 목적이었다.
둘을 둘이 있어야 할 곳에 놓아두는 것. 이를 위해 태인
동 김 동상은 전날 오후 내내 다리 위로 쏟아지는 빛을
한 톨 낭비 없이 그 안으로 이끌었다. 빛들아 이쪽으로
응응 그렇지…… 들풀처럼 널린 빛은 동상이 크게 애
쓰지 않아도 그 안으로 잘 모여들었다. 빛들의 입장에
서도 여느 날처럼 내리쬐자마자 산란하는 대신 한곳
에 친구들과 오랫동안 모여 있을 수 있다는 점이 마음
에 들었다. 빛들은 이곳에 내리쪼이기 전, 남쪽 바다에
가면 널린 게 빛이라 어느 곳에서도 쓰임받지 못하리
라는 말을 수도 없이 들은 탓에 출발부터 기가 죽어 있

          정기현 소설

었다. 그렇지만 우린 흩어지지 않고 이렇게 한데 모여 기다리고 있는걸, 우리를 기다리고 있는 무언가를 위해. 빛들의 속닥임을 들으며 김 동상은 대홍과 선정이 다리 위에 다시 모습을 드러낼 때까지 밤이 지나고 다시 아침이 밝도록 다리 너머 한 점만을 바라보았다. 그리고 마침내 둘의 얼굴이 지평선 위로 천천히 떠올랐을 때, 김 동상은 어디서부터 시작되었는지 모를 기다림을 모아 번쩍! 하였다. 그러고는 일이 이렇게 흘러가게 된 것이다.

김 동상은 인간들에게 손을 뻗치는 솜씨가 아직 죽지 않았다는 전능감에 휩싸여 선정과 대홍이 다리를 떠난 뒤에도 강물이 다리 위까지 튀도록 소리 내어 웃었다. 쓸쓸함이 깃들지 못하도록 웃음이 멎은 뒤에도 빛을 내뿜던 순간을 거듭 되새겨야 했다.

이렇듯 김 동상 덕분에 김 시식지로 발을 들인 선정과 대홍은 김여익의 초상을 떠나 그 방에 마련된, 김에 관한 많은 사진과 글들을 보고 또 읽었다. 김여익의 초상만큼 선정을 그 앞에 오래 붙잡아둔 것은 다름 아닌 김장아찌에 대한 설명이었다. 김으로 만든 음식이라는 제목 아래 김자반, 김부각, 그리고 마지막으로 김장아찌 사진이 걸려 있었고 옆에 달린 설명은 뜻밖이라면 뜻밖이게도 김장아찌 만드는 법이 아닌, 김장아찌의 맛에 관한 내용이었다. 바닷물을 머금은 만큼 소금 간을 일반 장아찌처럼 많이 하지 않기에 자연의 짠맛과 김 특유의 고소함이 일품입니다.

선정은 그곳에는 미처 쓰여 있지 않은 김장아찌 레시피를 사진만 보고도 금세 알아챘다: 묵은 김 다 모여라! 김장아찌 만드는 법. 재료는 묵은 김(묵지 않아도 좋지만 묵은 김으로 하면 뿌듯함이 배가 됩니다), 청양고추, 쪽파, 그리고 채수. 묵은 김을 일정한 크기로 잘라줍니다. 채수 300밀리리터에 간장 세 티스푼, 매실액 세 티스푼을 넣고 잘 저어줍니다. 팔팔 끓이고는 불을 끄고 식혀줍니다. 쪽파와 청양고추를 잘게 다져줍니다. 색깔을 더하고 싶다면 홍고추를 더해주어도 좋겠습니다. 다진 파와 고추를 한 김 식혀둔 양념장에 쏟아줍니다. 밀폐용기를 꺼내 잘라둔 묵은 김을 다섯 장 넣은 뒤 그 위에 양념장을 붓고, 또 다섯 장 넣은 뒤 그 위에 양념장을 붓고, 김이 떨어질 때까지 반복. 맨 위에 통깨를 뿌려주면 완성입니다.

음…… 아무 집에나 들어가 찬장을 열고 당연히 그곳에 있을 묵은 김을 꺼내 당장 해 먹고 싶다. 선정은 대홍에게 집에 김 있어요? 물었고 대홍은 고개를 끄덕였다.

선정은 문득 우리를 여기로 이끈 것은 무엇이려나 왜 갑자기 김 시식지에 오게 된 것인지 생각에 잠겼고 이 궁금증은 김장아찌 레시피와 달리 안개인지 빛인지에 가려져 이어지는 내용을 읽어낼 수가 없었다.

＊

선정이 싸준 주먹밥은 선정이 회사를 그만둔 뒤에도 며칠 동안 기주의 훌륭한 아침밥이 되어주었다. 사람은 사라지고 주먹밥이 남았구나. 기주는 잠옷 바람을 한 채 선정의 방식대로 주먹밥을 김에 한번 더 감싸 크게 베어 물었다. 기주도 요리를 아주 안 하는 사람은 아니었기에 주먹밥 재료를 거진 다 짐작할 수 있었는데 딱 하나, 짠맛을 무얼로 낸 것인지가 잡히지 않았다. 간장이라기엔 짠 정도가 덜하고 그 뒤에 고소함이 따랐다. 소금이라기에는 맛이 깔끔함보다는 복잡하고 다층적인 쪽에 가까웠다. 주먹밥을 건네받았던 선정의 마지막 출근날, 기주는 지금 이런 걸 물을 때인지는 모르겠지만 하고 짠맛의 정체를 캐물었다. 선정은 기주의 우려대로 언짢아하지는 않았고 오히려 거의 기쁘다고

밤나무 가지에 이름 모를 해조가　　119

말할 수 있을 듯한 얼굴이 되어 정답을 알려주었다.

김장아찌예요.

김장아찌?

네, 김장아찌.

며칠 동안 같은 주먹밥을 씹으며 기주는 선정 없는 자리에서 선정과 그의 주먹밥에 대한 생각을 키워나갔다. 장아찌를 재료라고 할 수가 있을까. 김장아찌에는 간장, 청양고추, 홍고추, 쪽파, 김(김은 이 주먹밥의 안팎에 놓여 있구나), 채수가 들어간다는데. 그런데 간장을 만들 때도 메주콩, 천일염, 대추 같은 것이 들어가고 채수에도 야채가 한두 가지 들어가는 게 아니었다. 어디까지를 재료라고 말할 수 있을 것인가 하는 의문은 기주의 머릿속에 들판과 바다를 펼쳐놓았는데 이 광활한 장면은 나타난 즉시 자취를 감추었다. 태인동 김 동상이 내뿜은 빛보다도 짧은 순간이었다. 들판과 바다의 번쩍임은 머릿속 장면을 다음으로 넘기어 기주로 하여금 재료의 정체에 골몰하게 하는 대신 주먹밥을 만든 선정을 떠올리도록 만들었다.

함께 구 년 동안 일했지만 기주는 선정에 대해 아는 것이 거의 없었다. 말수가 적은 줄로만 알았던 선정은

나갈 때가 되어서야 순순히 자신의 이야기를 들려주었
다. 기주는 그리하여 선정이 어떤 생각으로 회사를 그
만두기로 하였는지, 회사를 그만두기까지 어떤 말과
얼굴들을 마음에 쌓아두었는지(그 얼굴과 마음 중에
는 기주가 아주 잘 아는 것도 있었지만 바로 옆자리에
앉았던 세월이 무색할 만큼 전혀 모르는 것도 있었다),
어떤 동네에 사는지, 몇 살인지, 무슨 영화를 좋아하는
지, 회사를 그만둔 뒤 무슨 일을 하고 싶은지, 그리고 그
전에 일단 광양으로 여행을 가기로 하였다는 사실까지
알게 되었다.

기주는 말하는 선정이 신기해 질문을 계속 던졌다.

광양에 뭐가 있는데요?

광양에 대해서라면 아직 아무것도 모르는데요. 친구
가 살고 있어서요. 김대홍이라고.

어떤 친구?

대홍이는 음……

선정의 이야기는 점심시간과 함께 시작되고 끝났는
데 이 말은 곧 선정이 스스로에 대해 한 시간이 넘도록
말했다는 의미와도 같았다. 기주는 선정처럼 줄줄 자
기 이야기를 하기 위해서라도 회사를 그만둬보고 싶었

다. 그런데 누구에게? 무엇을? 나는 이렇게 선정 생각을 계속하는데 선정은 이쪽일랑은 돌아보지 않겠지. 꼭 같은 맛의 주먹밥을 먹으며 기주는 문득 쓸쓸해졌고 그래서 선정이 미워지기도 하였다.

그러나 선정이 기주 생각을 전혀 하지 않을 것이라는 짐작은 전적으로 기주의 오해였다. 기주가 듣는 이의 자리에서 선정을 떠올렸다면 선정은 스스로도 낯선, 말하는 자의 자리에서, 다음과 같은 방식으로 기주의 얼굴을 그려보고는 하였다.

마지막 점심시간, 기주가 자신에 대한 질문을 계속하였을 때, 기주의 얼굴에서 궁금함 외에 다른 것이 읽히지 않은 덕분에 선정도 당시에는 전혀 어색함 없이, 상대가 원하는 것을 기꺼이 내어준다는 마음으로 막힘 없이 말을 이어갈 수가 있었다. 그런데 자리로 돌아오자 점차 내가 조금 전에 무슨 이야기를 그렇게 한 거지? 그것도 나에 대해서…… 혼자 있는 선정을 즐겨 괴롭히는 초조함이 고개를 들었고 이것은 그날 밤까지 선정을 괴롭게 하더니 다음날 아침에도, 그다음 날에도, 결국은 회사를 그만두는 날이 될 때까지 선정의 머릿속을 떠나지 않았다.

 정기현 소설

초조함은 선정이 회사를 완전히 벗어난 순간이 되어
서야 선정을 떠났다. 대개 자신이 언제 널 괴롭힌 적이
있냐는 듯 선정을 훌쩍 떠나곤 하던 초조함이 이번에
는 이상한 버릇으로 그 흔적을 남겼다. 무슨 일이 벌어
지고 나면 그것을 온전히 받아들이기 위해 선정은 이
걸 기주 씨에게 정리해서 말한다면 어떤 얼굴과 방식
으로 전하게 될까 떠올려보게 된 것이다. 버릇이 된 초
조함은 더이상 괴롭지 않았고 오히려 유용했다. 기주
씨에게 잘 전해주겠다는 마음으로 눈앞의 사건을 바라
보면 그것은 금세 단어와 문장을 갖춘 하나의 형상이
되어 선정의 마음으로 천천히 걸어 들어왔다. 선정의
안에서 이야기는 기주에게 말할 수 있는 것과 없는 것
으로 양분되었고 이 구분은 선정을 더욱 가뿐한 사람
으로 만들어주었다.

그리하여 이야기는 이렇게 나뉘어 선다.

＊

김 시식지를 나온 선정과 대홍은 근처 백반집에서
늦은 점심을 먹었다. 백반집에서는 후식으로 차가운

매실차를 내주었는데 그 맛이 참 좋았다. 배를 채운 다음으로는, 대홍이 자신의 직업과 광양의 역할에 대해 소개하려 마련한 순서지만 정작 대홍의 회사는 아닌 제철소를 대홍이 계획한 대로 함께 둘러보았다.

그날 저녁 선정은 미리 1박을 예약해둔 해오름모텔로 향하기 전 대홍과 함께 그의 집을 들르기로 하였다. 제철소에서 대홍의 집이 금방인데다 그 주변에는 저녁 먹을 곳이 마땅치 않은 탓이었다.

대홍의 집으로 가는 차 안, 선정은 해오름모텔에는 오늘 가지 않게 될 것임을 알았다. 그와 동시에 선정은 이 예감대로 대홍의 집에서 하룻밤을 나게 된대도 후회가 남지 않을 것인지 고민에 빠져들었다. 잠을 한숨도 못 자게 되는 것은 아닐지, 아니 이것은 그리 큰 문제는 아닐 테고. 대홍의 집을 나오는 순간 대홍을 다시는 볼 일이 없게 되는 것은 아닐지, 대홍이 요리를 하면 나는 가만히 앉아 있어도 될지 아닐지, 자신이 대홍의 전화를 받았을 때부터 그의 집에 가겠다고 내심 생각했었는지 아닌지 그런 고민들이 차창 밖 빠르게 뒤로 물러서는 나무들마다 주렁주렁이었다.

선정은 다시 한번 버릇의 힘을 빌리기로 마음먹었

     정기현 소설

다. 오늘 안팎으로 벌어진 일들을 기주 씨에게 전한다면 어떻게 말할 것인가. 무엇을 말하고 무엇을 삼킬 것인가.

버릇은 그 즉시 깨어나 선정의 앞에 어지러이 놓인 일들을 하나씩 정리하기 시작했다. 버릇의 손 위에서 선정이 대홍의 집에 가게 된 일은 회사를 그만두고 광양을 가기로 했다고 말했던 것처럼 자연스럽게, 긴장했던 것이 무색하도록 조금은 싱겁게, 기주에게로 전달될 수가 있었다. 이 이야기를 듣는 기주의 얼굴에도 별다른 변화가 일지 않았으므로 선정은 다른 또 재미있는 일로 넘어가 이야기를 잘 맺어야겠다고 생각하였다.

재미있는 일?

그러자 선정의 머릿속에는 조금 전 대홍의 집으로 향하는 길, 태인동 김 동상을 또 한 차례 마주쳤던 일이 떠올랐는데 뜻밖에도 선정은 여기서 말문이 막히고 말았다. 이 마주침에 대해서라면 기주 씨에게 말할 수가 없겠는걸…… 왜일까? 이유에 대해 골몰하는 일은 버릇의 몫이 아녔으므로 선정은 이유를 생각함과 동시에 버릇이 만진 말들을 경청하였다.

*

기주 씨. 광양에 관해서라면 또 해줄 재미난 이야기가 있어요. 제철소에서 대홍이네 집으로 가려면 그 다리를 한번 더 건너야 했거든요. 낮에 김 동상이 빛을 번쩍했던 그 다리요. 그때는 동상이 빛을 뿜었던 사실에 대해서는 벌써 까맣게 잊고 있었고 대홍이의 집에 가고 있다…… 그 생각뿐이었던 것 같아요.

그런데 저녁에도 같은 일이 벌어진 거예요. 우리가 탄 차가 그 옆을 지나갈 때 동상이 또 한번 번쩍. 낮에 보았던 것보다 강하지는 않았지만 역시 느닷없는 번쩍임이었고 김 동상은 전봇대가 아니므로 전류가 흐르지도 않는다는 걸 제철소에 다니는 대홍이가 알려주었기 때문에 차를 세우지 않을 수가 없었어요. 그런데 대홍이는 어떻게 생각했는지 모르겠지만 나는 그때 어떤 의지 같은 걸 느꼈거든요. 이렇게 말하면 좀 이상하게 들릴 것도 아는데 동상의 의지랄까 그런 게 빛을 보는 순간 제게도 전해진 거예요. 뭔가 할 말이 있나? 그런 생각이 자연스럽게 들었던 걸로 봐서요. 마른하늘에 날벼락이 친 것도 아니라는 사실을 이미 낮에 겪어 알

　정기현 소설

고 있었고 그때는 이상하게 대홍이도 저처럼 말이 없었어요.

대홍이도 저도 말없이 차에서 내려 김 동상 곁으로 가 다시 한번 살펴봤어요. 저의 목적은 김 동상의 목소리를 듣는 데 있었는데 대홍이는 무얼 찾았던 거지…… 아무튼 저는 동상의 목소리를 듣는 데는 실패했지만 동상에게는 어떤 의지 같은 게 아직 잔향처럼 남아 있었고 내게 무언가 전하고 싶구나 그것만을 알 수 있었어요. 그래서 제가 동상에게 뭐라고 했는 줄 아세요?

알고 있어요.

대홍이가 듣고 뭐라고 한 거냐고 물을 수도 있겠다, 참 이상한 사람도 다 있다고 생각하려나 걱정을 하면서도 김 동상을 향해 소리 내어 이렇게 말한 거예요. 그때는 그게 굉장히 자연스러웠거든요? 그냥 그렇게 말하고 싶었던 것이죠. 그러자 김 동상에게서 의지 대신 어떤 평평하고 촉촉한 기운이 느껴지기 시작하였고 나는 김 동상과 그렇게 대화를 하였답니다, 말로 설명하려니 참 어렵지만은……

차에 타자마자 방금 나를 말하게 만들었던 것의 정체가 무얼지, 아니 사실 그 정체가 제 안에 이미 들어와 있었고 대홍이 이걸 묻는다면 대체 뭐라고 설명할 것인가 정말 걱정이 되었는데, 왜냐하면 오랜만에 만난 사이에서는 둘 사이 공기가 별것도 아닌 말로 얼어붙기도 하니까. 그런데 대홍이도 별다른 질문은 하지 않았고 저는 그렇게 대홍이네 집에 가게 되었네요.

세상엔 참 재미난 일도 많지요. 걱정과는 달리 밥도 잘 해 먹고 잠도 푹 자고 그랬어요. 꿈도 하나 안 꾸고 아주 푹. *

---

* 제목 '밤나무 가지에 이름 모를 해조가'는 김 시식지 전시물에서 인용하였다.

 정기현 소설

피아노 화덕

황은주 에세이

나는 비 오는 날과 겨울에만 진정으로 행복하다. 작고 아늑한 곳에 은신하며 포근함을 누리는 것은 큰 기쁨인데, 바깥 날씨가 거칠고 혹독할수록 포근함은 그만큼 더 커지기 때문이다. 그럴 때 따뜻한 실내에 있으면 보호받는 기분이 들고, 사람들을 더 사랑할 수 있게 된다. 저 밖에는 거친 자연이 있지만, 우리는 그로부터 안전한 곳, 인간적인 곳, 이 안에 있는 것이다. 좋아하는 것에 대해 무절제한 나는 평소에도 폭우니 폭설이니 하는 ASMR을 내내 틀어두고 생활한다. 유튜브에는 성능 좋은 카메라와 수음 장비들로 진짜 기상 현상을 영상에 담아 여덟 시간 이상 넉넉하게—이 폭

풍우와 눈보라가 금세 그칠까봐 조마조마할 일 없도
록―제공해주는 채널들이 잔뜩 있고, 그중 어떤 곳들
은 나의 욕구를 완벽에 가깝게 충족시켜주기도 한다.
조회수가 백만이 넘어가기도 하는 것을 보면, 세상에
는 나 말고도 나와 같은 사람들이 많은가보다. 그렇지
만 아무리 잘 녹화된 영상이어도 역시 현실의 폭풍우
와 눈보라에는 비할 수가 없다. 그건 진짜고, 우리는 그
안에 직접 뛰어들 수도 있으니까.

무엇보다 겨울에는 크리스마스가 있다. 별일 없는
날도 특별한 반짝임과 샴페인 향기를 품은 예외적인
날이 되는 시즌. 덧없지만 아름다운 잠깐의 유토피아.
나는 파티가 끝났음을 받아들이지 못하는 어린아이처
럼 그 기분을 최대한 연장하기 위해 집안의 크리스마
스 장식을 치우지 않고 버티곤 하는데, 우리집을 방문
한 엄마가 몸소 치워버리지 않았다면 올해의 크리스마
스트리는 식목일까지도 그 자리를 지키고 있었을지 모
른다. 친구들은 보통 맑은 하늘과 너무 춥지도 덥지도
않은 기온을 선호한다고 했다. 비가 오면 관절이 쑤시
고, 눈이 오면 출퇴근길 운전 걱정을 해야 한다고 말이
다. 나는 이렇게 생각해보았다. 어린 시절 달걀흰자를

 황은주 에세이

좋아하는 내가 달걀노른자를 좋아하는 외할머니와 남는 것을 교환해 각자 흰자 두 개, 노른자 두 개를 먹을 수 있었던 것처럼, 나의 봄 여름 가을을 넘겨주는 대신 친구들의 겨울을 끌어와 살 수 있으면 좋을 거라고. 언젠가 SF적인 미래 세계가 도래해 클릭 한 번으로 날씨를 바꿀 수 있게 된다면, 우리집 주위에는 항상 비가 오거나 눈이 내릴 것이다.

겨울은 욕심쟁이의 계절이다. 집안에 틀어박혀 꼼짝도 하지 않으려면 좋아하는 것들을 다 모아두어야 하니까. 나는 갖고 싶은 것들의 목록을 만들어본다. 벽난로, 안락의자, 고도의 뜨개질 테크닉, 두꺼운 소설책, 서재의 시체와 탐정 이모, 그리고 넉넉한 수의 고양이. 코지 미스터리풍의 이 모든 아이템을 갖추고서 겨울을 날 수만 있다면 나는 중국의 황제도 부럽지 않을 것이다. 이중에서 현실의 내가 가진 것은 약간의 책더미와 부족한 수—두 마리('깜순이'와 '냥냥이'라는 이름을 가진)—의 고양이가 전부다. 나는 어렵지 않게 타협한다. 벽난로는 관리가 어려울 것이고, 안락의자는 고양이들이 다 뜯어놓을 것이며, 뜨개질은 머리를 써야 하는 귀찮은 일이고, 현실의 살인 사건에 우아함은 없을 거라고. 게다가 넉넉한 수의 고양이들이 똥은 또 얼마나 많이 쌀까? 대신 목록에 피아노를 넣어보자는 생각이 든다. 코지 미스터리의 필수 요소는 아니지만—서재의 시체가 피아노 발치에서 발견되는 것도 꽤 근사하겠지만—, 나는 몇 년째 피아노에 기대 기나긴 겨울을 나고 있으니 말이다.

*

눈이 와 있을지도 모른다는 기대를 품고 잠에서 깨어났다. 눈이 온다는 예보는 없었지만, 아침에 눈을 떴을 때 '어쩌면 눈이 왔을지도 몰라'라고 생각할 수 있는 것도 겨울만의 특권이었다.

침대 밖으로 나오니 고양이들이 뜨끈한 방바닥에 몸의 표면적을 최대로 붙이고 누워 있는 것이 보였다. 진짜 행복할 때의 그 나태하고 심드렁한 표정을 하고서. 이것이 지복을 누리는 것이 아니라면 뭐란 말인가? 나는 비열한 세상에 맞설 의욕을 잃어버리고 두 녀석의 중간 지점에 다시 드러누웠다. 잠시 후, 깜순이보다 조금 더 부지런하고 식탐이 있는 냥냥이가 아침 순찰 혹은 식사를 위해 몸을 일으켜 세웠다. 아랫목의 림보를 벗어나기 위해 잠시 영웅적인 노력을 하던 녀석은 두 걸음도 채 떼지 못하고 다시 쓰러져버리고 말았다. 나는 생각했다. '맞아. 이렇게 좋은데 왜 일어나야 하지? 도대체 왜?'

내가 "일어나 걸어라"라는 예수의 목소리를 들은 나사로처럼 벌떡 일어날 수 있었던 것은 피아노 연습실에 가야 할 시간이 다가오고 있기 때문이었다. 연습을 하지 않으면 레슨을 망치게 된다. 따끈한 바닥과 작별하고 꽤 먼 거리에 있는 연습실까지 가는 것은 녹록지 않은 일이었지만, 나는 피아노가 내게 틀림없는 기쁨을 주리라는 것을 알고 있었다. 대충 눈곱만 떼어내는 세수를 하고, 도토리를 향한 다람쥐의 탐욕처럼 다 쳐보지도 못할 악보들을 가방이 미어터지도록 쑤셔넣고, 바라클라바와 목도리, 겨울 외투로 무장한 후, 나는 겨울의 한가운데로 나아갔다.

연습실에 가기 위해서는 십 분간 마을버스를 타고, 십오 분간 전철을 타고, 그러고도 가로수가 아름다운 길을 십이 분은 더 걸어야 한다. 정류장을 오가고 대기하는 시간까지 합하면 넉넉잡아 한 시간은 걸린다. 서울에서 대중교통을 이용한다는 것은 꽤나 피곤한 일이지만, 일 문제로 늘 마음이 바쁜 사람들에게는 그때가 일상의 빈 공간이기도 해서, 나는 그 시간을 연습중인 곡의 연주를 듣거나 레슨에서 배운 것들을 복습하는 데 알뜰하게 활용한다. 한번은 마음을 울리는 광경을 보기도 했다. 붐비는 전철 안에서 인파에 치이며 '내가 무슨 부귀영화를 누리겠다고 이렇게까지 해서 피아노를 치러 가는 걸까?' 생각하는데, 내 앞에 서 있던 남자분의 스마트폰 화면을 보게 된 것이었다. 그는 코스트코 웹사이트에서 디지털 피아노를 검색하고 있었다. 나는, 그리고 아주 많은 사람들은, 피아노를 계속 연주하고 있건 중단했건, 심지어 단 한 번도 배워보지 못한 사람들까지, 왜 그렇게 피아노를 동경하고 흠모하는 마음을 품는 걸까? 거기에 어떤 약속이 있길래? 조금 지쳐 있던 날이어서 감상적이 되었는지 괜히 눈물이 날 것 같았다. 우리 아마추어들은 알고 있다. 악기를 배운다는 것은 사랑만으로 되는 일이 아니며, 그렇기에 특별히 더 큰 사랑이 필요하다는 것을.

건물 안에 들어서니 언제나처럼 연필심을 떠올리게 하는 차분한 향기가 났다. 그대로 엘리베이터를 타고 사층에 내려 오른쪽 복도 끝에 가면 내가 다니는 피아노 스튜디오가 있다. 도어록의 비밀번호를 눌렀다. 자주 드나들다보니 우리집 비밀번호를 눌러버릴 때도 있고, 집에 들어가야 할 때 스튜디오의 비밀번호를 입력하는 일도 종종 일어났다. 출입문을 열자 연필심 향기가 훨씬 더 진해졌다. 주로 오피스용 빌딩들에서 맡을 수 있는 이 향기는 아마도 건축 자재 냄새겠지만, 나는 벽 안에 숨겨진 비밀 공간에 토템과 같은 거대한 연필이 있어서 건물 전체에 지성의 기운을 발산하고 있는 거라고 상상하는 편을 좋아했다. 연습실 방들은 좁은 복도를 사이에 두고 양옆으로 나란히 이어져 있다. 나는 방 한 칸을 골라 들어갔다. 무거운 외투를 벗어 스페어 의자 등받이에 걸어두고 히터를 틀어 손을 녹였다. 내가 들어오기 전까지는 비어 있던 방의 추위도, 충분히 데워지고 난 후의 훈훈한 공기도, 둘 사이의 이행 과정도, 모두 겨울만 줄 수 있는 쾌적함이었다.

작은 방 안에는 피아노와 나, 단둘뿐이다.

피아노는 고독한 악기다. 육중한 몸을 지니고 있지만 더할 나위 없이 개인주의적인 소리를 내는, 그 어떤 악기보다도 독주에 적합한 악기. 그래서 그 앞에 앉아

내면을 터놓으며 하염없이 늙어가기 좋다. 위대한 피아니스트들의 연주를 들을 때 나는 피아노라는 작업대 앞에 앉아 평생에 걸쳐 소리로 연금술을 하는 파우스트 박사의 이미지를 떠올리곤 했다. 그러는 동안 도낏자루가 썩어버리고, 피아니스트는 백발이 성성한 노인이 되어버리는 것이다. 어떤 피아니스트들은 독주회를 열 때 무대 전체를 어둡게 하고 작은 조명 하나만 켜기도 한다. 콘서트홀은 컴컴하고 막막한 우주 공간이 되고, 거의 물질성을 띠게 된 소리만이 그 공간을 떠다닌다. 그리고 무언가 진짜인 것을 찾아 건반을 내려다보고 있는 고독한 연주자는 홀로 그 모든 것을 책임지며 세상 그 누구보다도 혼자다. 때때로 연상은 죽음의 검은 관으로까지 이어졌다. 외국 영화에서 볼 수 있는, 어쩐지 피아노를 떠올리게 하는 서양식 검은 관. 그곳은 오로지 하나의 몸만 누일 수 있는, 우리가 결정적으로 혼자가 되는 곳이다.

나는 다른 방에서 연습하는 소리를 엿들었다. 얼굴은 몰라도 연습하는 곡목으로 오늘 누가 왔는지 알 수 있었다. 사람들의 연습 소리는 나에게 동기부여가 되어주었다. 그러나 모든 방의 문은 밀봉된 듯 꼭꼭 닫혀

 황은주 에세이

있으니, 여전히 우리는 각자 혼자였다. 나 외에는 아무도 오지 않는 날도 있었다. 그럴 때면 굳게 닫힌 문 너머 어둠 속에서 무서운 비밀처럼 웅크리고 있을, 관을 닮은 피아노들이 더 선연하게 떠올라 두렵기도 했다. 닫혀 있는 문이 나를 괴롭게 했다. 그 안에 뭐가 있을지, 어쩌면 사람 아닌 것이 있을지 누가 알겠는가? 그래서였을까, 어느 날 나는 이런 꿈을 꾸었다. 나는 아직 어렸고 밤에 혼자 잠들기를 무서워했다. 엄마가 문을 열어두고 잘 테니 너도 그러라고 했다. 나는 멋진 해결책이라고 생각했다. 아침이 된 걸까, 우리는 식탁에 둘러앉아 식사를 했다. 빵에 마멀레이드를 바르면 음악이 흘러나왔다. 혼자 잠들기 무서워하는 내가 바르니 바흐의 파르티타 6번이 나왔다. 불길하고도 아름다운 조성인 e minor의 곡, 이 세상의 한계에서 울려퍼지는 듯 리미널한 작품. 한창 바흐에 빠져 있던 시절, 묘지를 배경으로 파르티타 6번이 흘러나오는 영상을 보았던 것이 마음에 오래 남아 있었던 것 같다.

글렌 굴드는 자신의 브람스 간주곡 음반을 언급하며 "완전히 나 자신을 위해서, 하지만 문을 열어놓은 채로" 연주했다고 말한 적이 있다. 문을 열어놓은 채로. 이

것이 얼마나 다정한 말인지, 이제 나는 이해할 수 있다.

봄여름의 공기가 어딘가 붐비고, 가을 공기에서는 쇠락해가는 사물들의 서글픔이 느껴진다면, 겨울 공기에는 육신 없는 영혼과도 같은 청명함이 있다. 그 속에서 피아노의 소리는 어느 때보다도 정신적인 것이 된다. 북극의 입김이 퍼져나간다. 그래서 나는 피아노의 고독함이 겨울과 어울린다고 생각했다. 가을의 고독함에 쇠락으로 향해 가는 자의 자의식적 센티멘털함이 있다면, 겨울의 고독함은 완료된 것, 이미 삶의 조건으로 받아들여진 것이다. 내가 러시아 출신 피아니스트들을 특별히 사랑하는 것도 이와 무관하지 않을 것이다.

*

나는 한겨울에, 한국에서 가장 눈이 많이 내리는 작은 섬마을에서 태어났다. 내가 태어난 날에도 눈이 왔었는지는 모르겠다. 아마 오지 않았을 것 같지만, 어쩌면 왔을지도 모른다는 여지를 남겨두고 싶어 확인해본 적은 없다. 몹시도 감상적인 어린이였던 나는 내 진짜

 황은주 에세이

부모가 집시이거나(집시가 무엇인지 정확하게 알았다고는 할 수 없을 것이다), 의사나 간호사의 부주의로 부모가 바꿔치기됐다는 상상을 즐겨 했는데, 엄마의 말에 따르면 그날 보건소에서 태어난 여자아이는 나밖에 없었으니 부모가 바뀌는 것은 어림없는 일이었다. 그만큼 작은 곳이었다. 섬 전체를 통틀어 그랜드 피아노는 한 대도 없었고, 백화점이라곤 '음식 백화점'이라는 상호의 식당밖에 없었다. 하지만 작은 피아노 학원은 몇 개가 있었고, 그중에는 바이올린을 가르치는 곳도 하나 있었다.

나는 아주 어릴 때부터 피아노를 배우고 싶어했다. 그것이 음악을 향한 특별한 열정에서 나온 것은 아닐지도 모른다. 앞서 말했듯 몹시도 감상적인 어린이였던 나는 발레리나도 피아니스트도 되고 싶었는데, 그것이 당시 내가 상상할 수 있는 가장 낭만적인 직업이었기 때문이다. 나는 여섯 살이 된 해부터 피아노 학원에 보내달라고 조르기 시작했다. 엄마는 일곱 살까지 기다리라고, 아직은 이르다고 허락해주지 않았다. 여섯 살에게 일 년의 기다림은 기약 없는 기다림이나 마찬가지다. 나는 낙심했다. 엄마의 마음이 약해지도록 수시로 공중에 두 손을 올리고 보란듯이 피아노를 연주하는 시늉을 하기도 했다. 한번은 교활한 계획을 세웠다. 잠꼬대인 척 "피아노 배우고 싶어……"라고 말하면, '우리 딸이 얼마나 피아노를 배우고 싶었으면 자면서도 저런 소리를 할까' 하고 나를 가엾게 여긴 엄마가 학원에 보내줄지도 모른다고 생각했던 것이다. 음모를 꾸밀 만큼은 음흉했지만 뻔뻔하지는 못했기에 실행에 옮기지는 못했다. 일곱 살이 되자 엄마는 약속대로 나를 피아노 학원에 보내주었고, 초등학교 5학년이 되어 스스로 그만두게 될 때까지 나는 그곳에서 피아노를 배웠다. 그때가 바흐 인벤션을 막 배우려던 참이었으니, 그리 큰 재능이 있었던 것은 아니었나보다. 그리고 나는 삼십대가 되어서야 피아노를 다시 시작하게 된다.

그 시절을 증언하는 사진 한 장이 남아 있다. 업라이트 피아노를 치는 나의 모습을 옆에서 찍은 것이다. 초등학교 3, 4학년 정도로 보이는 나는 빨강, 파랑, 초록, 노랑이 배색된 한복을 입고 있고, 내 뒤편으로는 엉성하기 짝이 없는 크리스마스트리가 보인다. 피아노에는 수십 개의 손자국이 지저분하게 묻어 있다. 나는 관객

 황은주 에세이

을 등지고 있는데, 카메라 앵글 안에 잡힌 세 명의 관객 중에서 나를 보고 있는 사람은 아무도 없다. 이곳은 어릴 적 내가 엄마와 함께 다니던 부둣가 옆 교회로, 교회의 성탄 전야 행사 장면을 찍은 것이다. 사진이 남아 있다는 것은 최근에야 알게 됐지만, 나는 이날을 기억하고 있다. 그날 나는 나보다 한 살 많은 언니와 함께 슈베르트의 연탄곡 〈군대 행진곡〉을, 혼자서는 G. 앤더슨의 〈워털루 전쟁〉을 연주했다. 연탄곡의 템포가 점점 빨라져서 후반에 가서는 대혼돈이 되었는데, 교회의 반주자 언니가 "너희들 템포가 왜 그렇게 빨라지니?"라고 했을 때도 이상하게 그리 속상하지는 않았다. 그땐 템포가 빨라진다는 게 나쁜 것인지도 몰랐다. 템포가 빨라졌다는 것은 빠르게 칠 수 있는 능력을 가졌음을 의미하기도 하니까.

우리 교회에는 자정이 될 때까지 성탄 전야 행사를 하고 잠깐 눈을 붙인 후 학생과 청년들 중심으로 교인들의 집을 돌며 새벽송을 부르는 전통이 있었다. 어른들의 허락하에 밤을 새울 수 있는 유일한 날이었기에 나는 몹시 들떠 있었다. 그날 일어난 일을 전부 기억할 수 없어서 슬프다. 기억이란 어린 시절의 나와 맺는 약속, 잊지 않겠다는 약속과도 같은 것이다. 우리는 그 약속을 아주 조금밖에는 지킬 수가 없다. 그러나 중요한 몇 가지는 기억하고 있다. 아주 비좁은 골목 안에 있는 하얀 집 앞에서 새벽송을 부르고 있을 때 눈발이 흩날리기 시작했던 것. 그리고 모든 것이 끝나 집에 돌아가는 길, 하늘에서 솜뭉치 같은 함박눈이 내렸던 것. 화이트 크리스마스였다. 질리도록 눈이 오는 동네였지만 내겐 눈 오는 모든 날이 그 자체로 특별했고, 그것은 지금도 마찬가지다. 눈 쌓인 언덕을 오르던 나의 발자국 위로 금세 새로운 눈이 덮이던 그 장면을 아직도 나는 잊지 않았다. 맹랑한 구석이 있던 나는 이날 밤을 영원히 잊지 않겠다고 다짐했다.

집에 도착하자, 아무도 없는 어두운 거실에서 크리스마스트리의 꼬마전구들이 색색으로 깜빡이고 있었다. 동백나무에다 약국에서 파는 의료용 솜으로 장식한 트리였다. 나는 그것이 활엽수이며 조금 어설프다는 점까지 포함해서 우리집 크리스마스트리를 너무너무 좋아했다. 그것이 변함없이 잘 빛나고 있는지 아무래도 신경이 쓰여서 잠을 자다가도 깨기 일쑤였고, 몰래 거실에 나가 문제가 없다는 것을 확인하고서야 잠

 황은주 에세이

자리로 돌아가 안심하고 잠들 수 있었다. 아무도 보고 있지 않을 때에도 그것은 멈추지 않았다. 트리와 나, 우리 둘의 눈이 마주쳤다. 그것이 환한 사랑을 품고 있음을 느낄 수 있었다. 신비하면서도 해학적인 모습으로, 한없이 다정한 마음으로, 동백나무는 아직도 어딘가 눈이 많이 내리는 마을에서 조용히 빛나며 나를 응원하고 있을 것이다.

*

추운 계절이니 따뜻한 곡을 연주하는 게 좋겠다고 선생님이 말했다. 그래서 겨울의 레슨 곡은 슈베르트의 피아노 소나타 D.664로 정해졌다. 장대한 후기 소나타들에 비하면 간결하고 친근한 규모지만, 작품의 심장에서 발산되는 온기와 빛으로 말하자면 슈베르트의 모든 피아노곡들 중에서 가장 사랑스러운 작품일 것이다.

제시부의 첫 주제에서 오른손은 노래해야 하고, 왼손 반주는 잔잔하게 그 흐름을 받쳐줘야 한다. 가곡의 왕 슈베르트답게 가곡을 피아노로 옮겨놓은 듯 심플

한, 하지만 흘러넘치게 아름다운 선율이었다. 1악장의 두번째 마디에 나오는 첫 화음을 치기 위해서는 십도 이상 닿는 긴 손가락이 필요한데, 그렇지 못한 나는 따라란— 하고 아르페지오로 처리해야 했다. 그 '따라란—'이 꼭 성냥을 그어 불을 만들어내는 순간 같았다. 피아노 화덕에 불이 붙고, 방 안이 조금씩 따뜻해지는 것이다. 두번째 주제로 넘어가면 곡은 조금 더 활기차고 경쾌해지고, 새의 노래에 귀기울이는 마음으로 세상의 아름다움을 만끽하며 살고 싶다는 마음을 북돋운다. 환기를 위해 창문을 열었을 때 얼굴에 닿는 얼얼하도록 차가운 바깥 공기가 그러하듯 말이다.

발전부에 들어서면 돌연 곡의 표정이 바뀐다. 주제의 조각들은 여러 조성으로 계속 변화하면서 다양한 색채를 드러내고, 불안한 긴장감이 고조된다. 이 예측 불가능한 전조들은 슈베르트의 시그니처로, 거의 신비롭기까지 한 감정의 폭을 보여준다. 문제는 발전부의 클라이맥스에 오른손 왼손 번갈아가면서 연주하는 옥타브 패시지가 나온다는 것이었다. 나는 손이 크지 않아 옥타브를 잘 짚을 수 없다는 자격지심을 원래부터 갖고 있었는데, 노골적으로 옥타브 기교를 요구하는

 황은주 에세이

곡을 만나자 주눅들고 위축되어 그동안 좀 나아지나 했던 나쁜 버릇이 다시 튀어나왔다. 손목에 힘이 들어갔고, 등이 뒤로 젖혀졌다. 이럴 때는 까다로운 상대를 잘 구슬려서 돌파하겠다는 생각보다는, 태어날 때부터 피아노라는 모국어를 자유자재로 구사할 수 있었던 사람처럼 원래 지닌 자연스러움으로 돌아가겠다는 마음가짐이 필요했다. 이것이 이번 겨울 해결해야 할 최우선 문제였다.

어느 책에서 읽었던 것처럼 슈베르트의 음악은 가장 노블한 의미에서의 대중성을 띠고 있다. 한 피아니스트는 "Schubert's music just happens"라고 말했는데(한국어로 직역하면 "슈베르트의 음악은 저절로 일어납니다"가 되겠지만 조금 어색하다), 그 자체의 자발성을 지닌 자연스러운 음악이라는 뜻이리라. 하지만 그는 피아노라는 악기의 고유한 성격에 의지해 음악을 풀어나가는 타입의 작곡가는 아니었기 때문에, 쉽게 말해 곡이 그다지 기악적이지 않기 때문에, 연주하는 사람들은 꽤 애를 먹게 된다. 단순하면서도 불가피한 자연스러움을 표현하기 위해 백조처럼 물 아래에서 부단히 발을 움직여야 하는 것이다. 작품을 처음 연주했을 때는 정말 충격이었다. 내가 좋아하는 연주자들을 통해 여태껏 들어온 음악과 내가 지금 만들고 있는 음악 사이에 아무런 공통점도 없는 것 같았다. 시간이 흘렀고, 여전히 목각 인형이 추는 벨리댄스처럼 뻣뻣했지만, 레슨을 처음 시작했을 때보다는 나아졌다. 단시간이라도 나의 소리를 예민하게 들으며 집중해서 연습할 것, 그렇지만 가장 중요한 것은 절대적인 연습량이라는 것도 잊지 말 것.

크리스마스에도, 생일에도, 설날에도 나는 연습실에 갔다. 그때는 그것이 전혀 특별한 일이라고 생각하지 않았다. 오히려 건반을 만지며 하루하루를 보내는 일이 나 자신에게 주는 선물처럼 여겨졌다. 그것이 약간의 광기였음은 인정한다. 그러나 그 겨울 피아노는 내 마음의 화덕이 되어 있었다. 우리는 화덕 주위에 모여들어 몸을 덥히고, 밥을 짓고, 찻물을 끓이며 대화를 나눈다. 멀리 떠나는 것도 결국에는 화덕으로 되돌아오기 위함이다. 그것이 숲속에 살고 있는 가여운 야생동물과 인간의 차이다. 나는 피아노 앞에서 흩어져 있던 내 영혼을 모으고, 내 삶이 계속되고 있다는 느낌을 잃지 않을 수가 있었다.

 황은주 에세이

재미난 일도 있었다. 존경하는 피아노 교육자인 겐리히 네이가우스의 유령이 크리스마스에 나를 연습실로 초대했던 것이다. 그는 내가 사랑해 마지않는 리흐테르를 비롯해 수많은 위대한 피아니스트들의 스승이었다. 나 역시 혼자 피아노를 공부할 때 그의 저서『피아노 연주의 기법』이란 책의 영역본을 탐독했었으니, 그는 나의 스승이라고 할 수 있을지도 몰랐다.

3시에 연습실로 오세요. 특별 레슨이 있을 예정입니다.

— 겐리히 네이가우스

나의 SNS 계정과 연동된 크리스마스카드에 적힌 메시지였다. 내가 네이가우스를 좋아한다는 사실을 아는 누군가가 익명으로 장난을 친 거였다. 그게 누구인지는 얼마 지나지 않아 눈치챘지만, 나는 그냥 저 하늘의 네이가우스가 나에게 메시지를 보낸 거라고, 나의 피아노 사랑이 특별하다는 것을 알아보고 몸소 친절을 베풀기 위해 방문하리라고 믿고 싶었다. 이 귀여운 해프닝이 아니었다면 크리스마스에 연습실에 가는 일은 없었을지도 모른다. 그런 날까지 연습실에 간다는 건 생각하기에 따라 자존심 상하는 일일 수도 있으니까. 하지만 네이가우스 유령을 사칭한 SNS 친구 덕분에 나는 내가 정말 원하는 일을 하기로 했고, 그날도 연습실의 피아노 화덕에서 따뜻하게 보낼 수 있었다. 그리고, 놀라운 일이지만, 네이가우스의 유령은 정말로 왔다. 그날 이상하게 어깨가 조금 아팠는데, 네이가우스가 내 어깨에 앉아 피아노를 치고 있는 나의 손을 내려다보고 있었던 게 아니라면 왜 그랬겠는가?

*

2017년 12월 말, 크리스마스까지 낀 일주일 일정으로 모스크바에 갔던 것은 살아 있거나 이미 죽어 묻혀 있는 나의 피아노 친구들을 만나기 위해서였다. 그들은 나의 존재를 모르니 나만의 일방적인 우정이었지만, 당시엔 정말이지 늘 그들을 생각하고, 가상의 대화를 나누고, 그들의 음악으로부터 조언을 들었으니, 그건 우정이라고 할 수밖에 없었다. 일어나지도 않을 일을 걱정하는 타입의 인간인 나는 한동안 리흐테르를 개인적으로 만나면 그가 나를 싫어할 것 같다는 이유로 진지하게 고민한 적이 있다. 그는 1997년에 사망했는데도 말이다. 글렌 굴드도 나를 싫어할 것 같았지만, 그의 연주를 좋아했음에도 불구하고 그 사실이 별로 섭섭하지는 않았다. 그 역시 1982년에 사망했다. 심지어 그것은 내가 태어나기도 전이다.

모스크바에는 작가들과 작곡가들의 생가가 잔뜩 보존되어 관람객들에게 열려 있다. 톨스토이의 모스크바 거처, 체홉, 불가코프(그는 모스크바 최고의 인기 작가다), 고리키, 투르게네프(당시 보수중이어서 방문하지는 못했다), 프로코피예프, 스크리아빈…… 나는 여행 일정 대부분을 친구 집을 방문하듯 그런 곳들을 다니며 보냈다. 모스크바의 중심가에서 멀지 않은 곳에 백발의 노부인이 지키고 있는 리흐테르의 메모리얼 아파트도 있었다. 나 외에 방문객은 아무도 없었다. 노부인은 내가 러시아어를 전혀 알아듣지 못한다는 것을 알고서 그리 유창하지 못한 독일어로 이것저것 설명해주며 조금이라도 나에게 도움이 되어주고 싶어했다. 물론 나는 독일어도 거의 알아듣지 못했지만, 리흐테르 기념관의 파수꾼이 나를 신경써준다는 것만으로도 우쭐했다.

리흐테르는 내가 가장 사랑하는 피아니스트이다. 넉넉잡아 사오 년간 그의 음악은 내가 앞으로 나아가게 하는 거의 유일하다시피 한 원동력이었다. 나는 매일 그의 음악을 들었고, 그에 관해 생각했고, 그것이 이끌어낸 어떤 예감에 따라 읽을 책들을 선택했고, 내게 해로울 일들을 거절했다. 기나긴 우울증으로 고생하던 시기였다. 우울증을 겪는 것은 시련이지만, 거기에는 건강한 사람들의 단순하고 실용적인 정신이 구태여 보려 하지 않는 것들을 보고 생각하게 되는 인식적 힘이 있다. 여전히 나는 리흐테르를 좋아하지만, 그때 만난 리흐테르의 얼굴이 그의 가장 진실한 얼굴이었던 것 같다.

나는 음악을 들으면서 크게 운 적이 딱 세 번 있다. 그중 하나가 리흐테르의 슈베르트 피아노 소나타 D.894 연주를 듣고서였다. 1악장을 여는 첫 화음만 듣고서도 나는 폭발하듯 오열했는데, 그 화음 하나가, 마치 무한을 담고 있는 모나드인 것처럼, 숱한 괴로운 밤들을 이겨낸 사람의 위대한 낙천성을 담고 있었기 때문이었다. 가장 아름다운 낙천성은 슬픈 사람들이나 허무주

　　　　　황은주 에세이

의자의 낙천성이라고, 나는 지금도 그렇게 생각한다.

2017년 4월 24일에 나는 SNS에 이런 글을 썼다.

슈베르트의 D.664, 리흐테르, 언제 들어도 혼자 보내는 외롭고 행복한 크리스마스 같은 연주. 너무 아름다운데 어쩐지 대성통곡하고 싶어진다.

같은 해 4월 26일에는 이런 글도 있다.

멀리 있는 나의 친구, 나의 등불, 나의 손을 잡고 함께 울어주는 사람.

이 글을 쓰던 나는 몇 년 후의 내가 크리스마스 날 연습실에서 홀로 이 곡을 연주하게 될 거라고는 생각하지 못했을 것이다. 하지만 그때가 아니었다 해도 언젠가의 크리스마스에는 결국 D.664를 연주하고 말았을 것이다. 그것이 이 곡이 품은 필연성이니까.

리흐테르의 메모리얼 아파트에서 내가 가장 오랜 시간을 보낸 곳은 그의 책상 앞이었다. 거기에는 리흐테르가 좋아했던 책들(그가 가장 사랑했던 작가 프루스트는 찾지 못했지만, 괴테, 도스토옙스키, 오스카 와일드가 눈에 들어왔다), 연주 여행을 다니며 모은 것으로 보이는 기념품들, 러시아 정교회의 이콘들, 내가 읽을 수 없는 글씨가 빼곡한 수첩, 가까운 사람들에게 보낸 친필 엽서 등이 전시되어 있었다. 그리고 책상의 한가운데에는, 그의 스승이자 아버지와 같았던 존재, 어쩌면 나의 스승일지도 모르는 겐리히 네이가우스의 사진이 든 작은 액자가 세워져 있었다.

그곳을 나오면서 나는 노부인에게 악수를 청했다. 노부인이 악수를 나눈 누군가와 악수를 나눈 누군가와 악수를 나눈 누군가…… 이렇게 이어지다보면 리흐테르와 닿을지도 몰랐다.

다음날, 나는 죽은 친구들이 묻혀 있는 노보데비치 묘지에 방문했다. 그곳은 러시아의 존경받는 지식인, 예술가, 정치인 들이 묻히는 판테온과 같은 곳이다. 묘지 입구의 꽃가게에서 꽃다발을 하나 산 나는 안내판의 키릴 문자를 띄엄띄엄 읽어 위치를 확인한 후 간밤에 내린 눈으로 축축해진 길을 따라 리흐테르의 무덤을 찾았다. 묘석은 커다란 바위를 반으로 쪼개놓은 모양이었는데, 그것이 꾸밈을 싫어하던 생전의 그와 잘

    황은주 에세이

어울렸다. 거기서도 그는 인기인이 아니었다. 그의 묘석 앞에는 언제 놓아두었는지 모를 장미 네 송이와 양초 하나가 전부였다. 약이 오른 나는 꽃가게로 돌아가 커다란 꽃다발을 하나 더 사서 돌아왔다. 꽃다발 두 개를 놓으니 그래도 좀 보기 괜찮았다. 그리고 가톨릭 신자 친구에게 선물받아 오랫동안 차고 다니던 묵주 두 개와, 그에게 쓴 편지도 올려두었다. 영어를 싫어한 그를 위해 특별히 프랑스어로 쓴 편지였다. 나는 다른 작가들과 작곡가들의 무덤을 방문한 후 혹시나 싶어 안내판에서 겐리히 네이가우스의 이름을 찾았다. 아주 구석진 곳에 있어 찾기 힘들었지만, 그가 아들 스타니슬라브 네이가우스와 함께 묻힌 묘지도 찾아낼 수 있었다. 거기에는 단 한 송이의 꽃도 없었다. 나는 다시 꽃가게로 가 꽃다발을 두 개 더 사 왔다. 그가 아직도 사랑받는 사람이라는 것을 다른 방문객들에게도 보여주고 싶었다.

귀국 전날 밤에는 차이콥스키홀에 갔다. 폭설이 내리고 있는 모스크바 거리를 걸어 들어선 그곳은 노보데비치와는 전혀 다른, 산 사람들의 세계였다. 그날의 프로그램은 라흐마니노프의 교향시 〈죽음의 섬〉, 라흐마니노프의 피아노 협주곡 〈파가니니 주제에 의한 랩소디〉, 라벨의 〈왼손을 위한 피아노 협주곡〉, 라벨의 〈라 발스〉였고, 오케스트라는 알렉산드르 베데르니코프 지휘의 러시아 국립 오케스트라, 두 곡의 협주곡을 연주하게 될 피아니스트는 니콜라이 루간스키였다. 그는 살아 있는 피아니스트 중 내가 가장 사랑하는 사람이다. 연주는 경이로웠고, 연주를 둘러싼 모든 것들―홀의 음향과 공기, 다른 관객들과 나눈 대화, 바깥의 날씨―또한 기념비적이었다. 천지인이 일치하는 콘서트 체험이라고 할 수 있을 것 같았다. 루간스키는 눈부시지만 눈을 상하게 하지 않는 빛줄기 같은 소리를 냈는데, 콘서트홀에서 그런 걸 들어본 적 없었던 나는 피아노에 무슨 특별한 장치라도 한 것은 아닌지 확인하러 인터미션 때 무대 근처로 가 피아노를 살펴보기도 했다. 이날의 콘서트는 녹화되었고, 유튜브에서도 들을 수 있다. 잘 살펴보면 첫 줄에 앉은 나의 뒤통수를 발견할 수도 있을 것이다.

공연 후 오프스테이지에 가서 루간스키에게 한국에서 가져온 작은 기념품과 직접 쓴 편지를 전달했다. 그 편지는 이렇게 시작한다. "모스크바에는 내 친구들이

 황은주 에세이

여럿 있어요. 그들 중 대부분은 땅속에 묻혀 있죠. 당신 만이 유일한 살아 있는 친구입니다."

콘서트홀을 나섰을 때도 여전히 눈이 내리고 있었 다. 눈송이가 떨어지는 속도가 비현실적으로 느려서, 땅에 닿기 전 마지막으로 내 눈높이에서 잠시 멈추었 다 다시 하강하는 것처럼 보였다. 눈에는 이골이 난 나 라답게 능숙하게 치워진 눈더미 사이로 새로운 눈이 쌓여가는 것을 보면서, 나는 가벼운 발자국을 찍으며 숙소를 향해 걸어갔다. 눈과 습기가 빛을 반사해 모스 크바 전체가 뿌연 빛을 발하고 있었다. 그리고 그 속 에서 울리는 도시의 소리들은 죽은 나의 친구들이 아 직 살아 있던 먼 옛날의 겨울로부터, 그리고 내 어린 시 절의 모든 겨울, 모든 크리스마스의 기억들로부터, 먼 여정을 거친 후 비로소 나에게 찾아온 것이었다. 세상 전체가 아늑한 방 한 칸이었다. 눈 오는 날의 특별한 백 야였다.

*

레슨 곡의 연습을 마무리할 때가 되니 몸이 더워졌

다. 히터를 끄기로 했다. 해야 할 일을 끝냈으니, 이제
는 마음껏 즐길 시간이었다.

나는 탐욕스럽게 잔뜩 가져온 악보들 중에서 차이콥
스키의 독주곡집을 골랐다. 모스크바를 다녀온 후 매
해 겨울이면 다시 연주해보는 곡, 〈사계〉 중 〈12월: 성
탄 연휴〉를 쳐보기 위해서였다. 왈츠풍의 이 곡에는 모
두에게 축제인 날의 경쾌함과 따뜻함이 있다. 나는 피
아노 앞에 혼자 있었지만, 연주를 시작하자 크리스마
스 파티에 초대되어 수많은 사람들에게 둘러싸인 듯한
기분을 느낄 수 있었다. 그 순간에도 나는 내가 왼손의
왈츠 리듬을 깔끔하게 연주할 수 있는 날이 영영 오지
않을 거란 생각에 조금 스트레스를 받았다. 그렇지만
그 불안에 다른 불안을 더 얹지는 않기로 했다. 조금 과
격한 왈츠여도 괜찮아. 뭐 어떻담? 내가 무슨 부귀영화
를 누리려고 피아노를 연주하는 건 아니잖아?

아이들의 웃음소리가 들리는 듯한 명랑한 첫번째 주
제가 끝나면, 그와 대비되어 애수 어린 서정성을 띤 보
다 내밀한 에피소드가 등장한다. 그 정서는 시간의 흐
름과 유한성에 대한 자각으로 이어져 현재 시제에 다
른 시제들이 섞여들기 시작한다. 사랑과 기쁨으로 가

득한 이 순간이 머지않아 과거가 될 것이고, 이 충만한 현전에 하나 둘 구멍이 나기 시작할 거라고. 우리의 행복은 덧없기 때문에 아름답고, 덧없기 때문에 영원한 거라고. 언젠가 너는 겨울의 연습실에서 홀로 왈츠를 치며 이 겨울을 추억하게 될 거라고.

곡은 다시 경쾌해진다. 커다란 난롯불가에서 아이들과 고양이들이 춤추고, 안락의자에 앉아 뜨개질을 하는 할머니가 그 장면을 흐뭇하게 바라본다. 곧 대학에 입학할 예정인 사촌은 소파 구석에 앉아 두꺼운 책을 읽고 있고, 탐정 이모는 서재의 시체가 사실은 거대한 크리스마스 케이크였음을 밝혀낸다. 그 외에도 많은 사람들이 있다. 그들이 산 사람이건 죽은 사람이건, 위대한 피아니스트이건, 나의 피아노 연주를 듣지 않고 잡담을 나누던 교회의 친구들이건, 그런 건 상관없다. 크리스마스는 모두를 위한 축제니까. 그리고 저기 어딘가 가정용 업라이트 피아노가 있는 작은 방에서, 이제는 어른이 되어버린 내가, 어린 시절의 나와 사람들을 위해 크리스마스 왈츠를 연주하고 있다. 문을 열어놓은 채로.

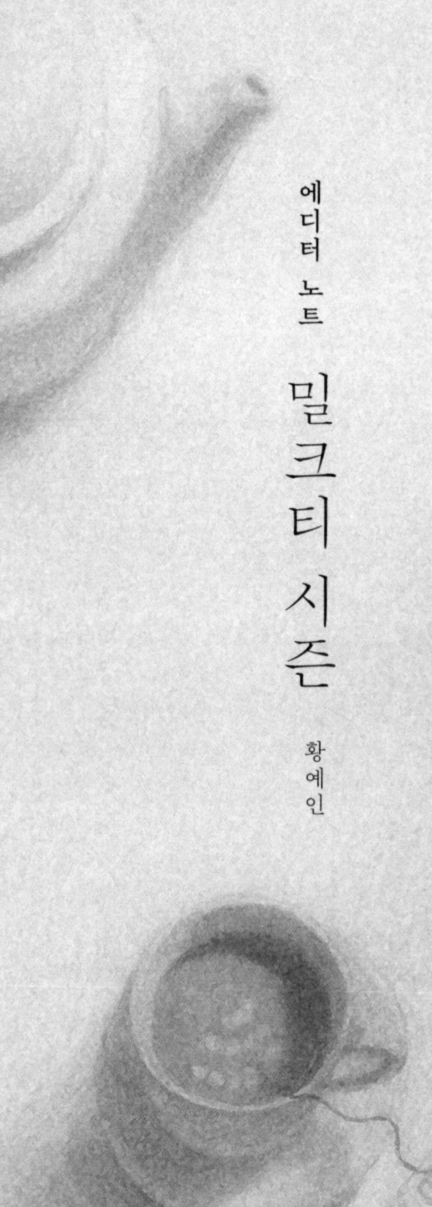

에디터 노트

밀크티 시즌

황예인

긴 겨울의 터널을 통과하는 동안, 나에게 일어난 일들을 떠올려본다. 나는 이것들을 어떤 방식으로 말하고 싶은 걸까. 어떤 이야기로 만들어보고 싶은 걸까. 용기 없는 마음은, 그것들을 그저 시간 순서대로 나열하게끔 이끌지만, 어쩐지 금세 지루해진 탓에 전부 지워버리고 만다. 그렇다면? 일단 떠오르는 대로 놓아보자. 그 난데없음과 뜬금없음 사이에서 무언가 솟아나리라 믿으면서. 허리를 굽혀 그 무언가를 주운 뒤 손에 가만히 쥐면, 또 그다음 걸음을 내디딜 힘이 생길 것이다.

*

2025년 12월 6일 토요일

친구의 친구를 만났다. 친구 없이 단둘이.

친구를 비롯해 좋아하는 것들이 겹쳐 우리는 어색함 없이 대화할 수 있었다. 집에 돌아오자마자 약속한 대로 그에게 문자를 보냈다.

두유짜이 레시피 보냅니다, 겨울철 행복 챙겨요!

재료

시나몬 스틱 반 개

카다멈 4알

클로브 1알

통후추 4알

다진 생강 혹은 생강 가루 반 스푼

홍차 잎 5그램(아삼이나 잉글리시브렉퍼스트)

두유 한 컵

설탕 혹은 알룰로오스

만드는 법

냄비에 물 반 컵과 준비한 향신료를 넣고 강불에 일 분 동안 팔팔 끓인다. 상쾌하게 맵고, 묵직하게 달콤한 향이 퍼지기 시작하면 두유를 붓는다. 적당히 뜨거워지면 홍차 잎을 넣고 일 분 동안 다시 끓인다. 마지막으로 설탕을 원하는 만큼 넣고 삼십 초 정도 끓인 뒤, 불을 끄고 체에 거르면 완성.

주의 사항

두유가 끓으면 순식간에 거품이 솟아올라 냄비 바깥으로 넘쳐흐를 수 있으니 집중할 것.

추신

조만간 팔각이랑 너트맥을 사서 살짝 추가해보려고요. 하지만 저대로도 충분해요.

2025년 11월 28일 금요일

오랜만에 P 선생님을 만났다. 지난해 여름의 만남이 마지막이었나.

선생님과 헤어지고 난 후, 장바구니에 담아둔 채 고민만 하던 크리스마스트리와 꼬마전구를 주문했다. 한 달 내내 반짝이며 예쁘다가, 12월 25일이 지나면 신기하게도 갑자기 못생긴 짐짝이 되어버리는 것들. 몇 년 전 미련 없이 처분한 뒤로는 새로 들인 적이 없는데, 이상하게도 선생님을 만나고 돌아와서는 머릿속에 불이 켜진 것처럼 정신이 번쩍 들었다.

―요즘 예인은 뭐가 즐거워?

―아침마다 두유에 향신료 넣고 팔팔 끓여 마시는 거요.

―향기 너무 좋겠다.

―맞아요. 선생님은요?

―잠자리에 누울 때. 밤엔 그냥 웃음이 나.

―저두 그런데! 잘 때가 제일 좋아요.

요즘 뭐 하고 지내냐고 묻는 대신, 선생님은 나를 기쁘게 해주는 것들에 대해 듣고 싶어했다. 어쩌다 내가 망설이는 듯한 기색을 보이면, 잠깐이라도 기쁜 거면 무조건 해! 그렇게 말해주면서. 잠깐의 기쁨. 그건 잘디잘은

꼬마전구 같은 걸까? 하나씩 불이 들어오면 커다란 나무 전체가 환해진다…… 그래, 잠깐이라도 기쁜 거라면 무엇이든 해보자. 그러자.

2025년 8월 8일 금요일

오늘 아침엔 걷고 싶다는 마음이 들었다. 그래서 걸었는데, 잊고 지내던 여름 산책의 즐거움을 느낄 수 있어 좋았다. 하지만 그보다 걷고 싶어졌다는 사실이 더 좋았다. 마음이 다시 올라오는 것. 죽지 않았다는 것.

이번 주에는 생각이 좀 많았고, 그건 눈감고 자기 세계 안에만 머무르는 것과 비슷해서 몸이 둔감해졌다. 커피를 내리다 컵을 깨는가 하면, 실컷 치워놓고 또 컵을 엎어서 우유를 쏟고, 방문을 나서다 벽에 어깨를 세게 부딪히는가 하면, 길을 걷다 발목이 접질리며 넘어지기도 했다.

아마도, 이 충돌은 눈을 떠서 다시 세계로 돌아오라는 신호.

예전 소설들을 읽고 있다. 그 안의 사람들은 휴대폰이 없어서 집으로 전화가 걸려오는 세계에 살고 있다. 전화를 놓쳐 자동 응답기에 녹음된 목소리를 듣고, 상대방의 주소를 알아내 편지를 보내지만 그것은 다른 우편물들과 섞이는 바람에 제때에 읽히지 못한다.

단번에 연결되지 않는 상태. 그것에 이상할 정도로 끌린다. 그럼으로써 더 강렬해지는 만남, 또 부재의 의미에.

정기현 소설집『슬픈 마음 있는 사람』출간 모임.

정기현과 소설집에 해설을 써준 영화 평론가 정지혜를 광화문에서 만났다. 저녁 식사를 마치고 다음 장소로 이동하는 내내, 세찬 여름비가 쏟아져 말소리에 빗소리가 섞여들었다. 셋뿐인데도 되게 여러 명이 모인 듯 떠들썩했다.

지혜는 기현과 나를 남도영화제에 초대하고 싶다고 말했다. 10월 말 광양에서 열리는 영화제인데, 두 사람이 한국 문학에 나타난 남도에 대해 이야기를 들려주면 좋겠다고. 그래, 생각해볼게. 처음엔 그렇게 대답했던가. 가도 좋겠고, 가지 못한대도 상관은 없고. 그 느슨한 마음이 한쪽으로 쏠리며 팽팽해진 건 이어지던 설명 때문이었다.

—광양 말이야. 한자로 빛 광에 볕 양 자를 쓴대.

빛 광光에 볕 양陽이라니. 그 순간 눈앞으로 환하고 따듯한 해가 비쳐 드는 것 같았다. 조도가 몹시 낮은 술집인데 어쩐지 눈이 부신 기분. 금세 마음이 먹어졌다. 가자, 가고 싶어! 그렇게 말하는 사이 깨달았다. 어쩌면 나는 지금 겨울을 통과하고 있는지도 모르겠다고. 추위와 어둠에 익숙해진 탓에 몸과 마음이 굳어, 모든 감각과 감정들이 무뎌져버린 것 같다고.

그러니까 그 순간 '광양'은 단순히 지명이 아니라, 선명한 상징처럼 나에게 다가왔던 것이다. 이제 그만 겨울을 견디는 일을 멈추고, 그리로 가겠다고 마음을 먹자. 이 자리에서 벗어나자.

이런 걸 기획이라고 할 수 있나? 그저 하고 싶어졌으니 함께해보자고 손을 내미는 것.

화진과 기현에게 겨울 앤솔러지 청탁 메일을 보냈다.

안녕! 7월도 벌써 마지막 주네. 난 도서전 이후 푹 쉰 덕분에 기운이 좀 났어. 한동안 누워만 있고 싶었는데 점점 하고 싶은 것들이 떠오르더라구.

지난주 『슬픈 마음 있는 사람』 북토크 때 화진이 사회 보다가, 잡지 『유령들』에 대해 했던 이야기 말야. 순전히 본인의 기쁨을 위해 만들었다는 그 말이 나를 돌아보게 했다. 그런 마음으로 스위밍 꿀을 시작했는데, 어느새 부담감에 짓눌려 있더라구…… 그렇다면 나도 그 기쁨의 자리로 돌아가야겠다고 다짐했어.

얼마 전 지혜가 기현과 나를 남도영화제에 초대해주었잖아. 영화제가 열리는 광양이 빛 광 자에 볕 양 자를 쓴다는 말을 듣는 순간, 귀가 번쩍 뜨였다.

어쩌면 나는 지금 겨울을 지나는 중인가봐. 광양이
빛과 온기의 상징처럼 느껴졌거든.

그래서 이런 구상을 해보았다, 한번 살펴봐줘.

1. 제목

겨울 앤솔러지 '윈터링'(가제)

2. 기획 의도

추위와 어둠의 계절 겨울을 나기 위한 상징적 방법
들에 대하여. 사계절 중 하나이면서, 가혹한 시간
의 비유이기도 한 겨울. 우리에게 필요한 건 밝은
빛과 따듯한 볕, 그리고 얼지 않고 끊임없이 움직
일 수 있는 흐름에 대한 감각일 터. 그런 글을 한데
모아보자……

3. 구성

빛: 정기현 단편소설(80매)
광양을 배경으로 '빛'이 등장하는 이야기라면 뭐든
좋아.
볕: 김화진 단편소설(80매)

광양이 슬쩍만 나와도 좋겠어, 화진에겐 '볕', 온기를 부탁한다. 문득, 편지가 등장하면 좋겠네.

흐름: 정지혜 에세이(80매)

지혜를 처음 만난 날, 자신을 '플로flow'라는 키워드로 설명하는 게 좋았다. 비평과 창작과 연기, 어디에도 자신을 가두지 않고 그저 흘러가게 두려는 태도가 멋졌어. 더불어, 수영을 좋아한다고 하면서 숨과 물의 흐름에 대해 이야기해주었거든. 그렇다면 겨울엔 얼어붙어 있기 십상이니, 흐름을 주제로 에세이를 써달라고 하면 어떨까 생각했지.

이 내용에 끌린다면 구체적 일정과 계약 조건 정리하여 다시 메일 보낼게. 지혜에게도 바로 연락하려 해.

2025년 7월 8일 화요일

연락할게요! 꼭 만나요.

그렇게 인사를 건네지만 정작 보지 못한 사람들이 얼마나 많은지. 일한답시고 소중한 것들을 밀어내며

 에디터 노트

살고 있었구나. 그래서 오늘은 은주 씨를 만났다.

그 번역하는 분 제 친구예요, 멋진 분이죠. 대뜸 자랑하고 싶어지는 사람. 띄엄띄엄 만나왔지만 서로의 이십대만큼은 선명하게 기억하는 사이. 과가 서로 달랐는데, 아는 사람들과 활동하는 영역이 겹쳐 문득 고개를 들어보면, 그 기억 속 풍경에는 똑똑하고 명랑하며 노래하듯 말하는 여자아이가 있다……

먼 과거의 이야기를 나누다 번쩍 건너뛰어 요즘의 근황을 주고받게 되었다. 이렇게도 대화가 이어지는구나. 헤어지자마자 큰비가 쏟아져, 그가 우산은 챙겨 나온 건지 궁금해졌다. 피아노 연습을 하러 스튜디오에 간다고 했던가. 비가 너무 많이 오는데 괜찮냐고 문자를 보내려다 말았다. 왠지 모르게 반가운 비여서 차라리 흠뻑 맞았다고 해도 좋겠다 싶었다. 그 비가 꼭 한껏 쏟아진 과거의 물줄기처럼 느껴졌으므로.

2025년 8월 25일 월요일

은주 씨에게 겨울 앤솔러지 청탁서를 보냈다. 겨울을 나는 동안 듣기 좋은 음악에 대해 써주기를 바라면서.

문득 내가 음악을 듣고 싶어한다기보다, 읽고 싶어한다는 사실이 흥미롭게 여겨졌다. 그러니까 나는 어떤 사람을 통과하여 쏟아져 나오는, 그만의 무늬를 가진 문장을 여전히 가장 좋아하고 있는 것이다.

2025년 8월 27일 수요일

화진에게서 원고가 들어왔다. 청탁한 지 한 달도 채 지나지 않았는데!

그는 늘 마감에 성실한 편이지만, 어쩐지 이번만큼은 다르게 받아들여졌다. 「앉은 자리」는 작가가 몹시 쓰고 싶어, 그만한 빠르기로 쓸 수밖에 없었던 이야기일 거라고. 바로 읽을 수 없는 상황이었는데, 그럼에도 조금은 읽고 싶어져 파일을 열었다. 읽자마자 화진에게 답장을 썼다.

한글 파일 저장할 때 커서를 '민재의 편지' 위치에 두었나봐. 좋은 기운으로 읽고 싶어서, 마감 끝나고 볼까 하다가 그래도 앞부분만 일단 봐야지 하고 바로 읽었는데 마지막 편지부터 읽게 되었다.

 에디터 노트

웅크린 자세, 뜨뜻한 팥 주머니, 잘린 오동나무……
편지에는 누가 어째서 죽었다는 이야기도 구체적
으로 나와 있지 않은데 이상하게도 눈물이 불쑥 나
와서, 이것이 소설의 유기성인가 싶었어. 쓰는 동
안 화진이 머금었을지도 모를, 그런 슬픔의 기운을
느꼈던 건지도 모르겠네.

민재의 편지가 끝나니까 소설도 끝이 나버려서 뭐
야, 이거 맨 마지막에 읽었어야 했구나 깨달았는
데, 이런 읽기의 순서도 지금 이 순간에만 가능한
것이라 생각하니 소중하게 느껴졌다.

2025년 10월 14일 화요일

지혜의 원고를 기다리고 있다. 아마 시간이 좀더 필
요할 것 같다. 이 김에 출간일을 아예 새해로 미루고, 그
사이 하고 싶었던 일을 해보자고 결심했다.

'미완의 감상회'.

출간 전 원고들로 독자를 만나는 일. 표지의 인상도,
소개문이 안내하는 방향도 없이 오로지 문장에만 집중
할 수 있는 시간을 만들고 싶다는 생각. 또한 이것은 마

감, 출간, 판매 등 '결과'에만 꽉 묶여 있던 나를 풀어내어, 만드는 과정 그 생생한 흐름 속에 놓아줄 것이다.

삶의 무게중심을 완성이 아닌 미완성에 두기.

2025년 12월 30일 화요일

〈미완의 감상회〉 세번째 시간. 은주 씨가 '피아노 화덕'이라는 이름의 겨울 음감회를 준비했다.

어두컴컴한 스튜디오 안 빛나는 크리스마스트리, 믿음직한 스피커와 섬세한 앰프. 그리고 은주 씨가 모스크바에서 데려온 마트료시카 인형들…… 사람들은 부스럭거리는 소리조차 두려워하며 오직 귀만을 활짝 열어둔 채로, 러시아의 피아니스트들이 들려주는 겨울을 닮은 곡들을 듣는다. 틈틈이 은주 씨가 낭독하는 원고 속 문장들이 외롭지만 따듯한 눈송이처럼 내려앉는다. 비로소 "세상 전체가 아늑한 방 한 칸"이라는 문장의 의미를 온전히 체감하는 밤.

영혼의 포만감이 상당해 집에 돌아와서도 한동안 잠을 이루지 못했다.

 에디터 노트

연희동에 위치한 만화책방 〈페잇퍼〉에서 열리는 플리마켓에 다녀왔다. 기현이 그의 친구와 함께 「밤나무 가지에 이름 모를 해조가」에 등장하는 김장아찌 주먹밥을 만들어 판매한다고 했다.

나는 주먹밥 한 개를 주문하고는, 기현의 친구 그러니까 친구의 친구가 주먹밥 만드는 모습을 지켜보았다. 조용한 손이 둥글넓적하게 빚어둔 주먹밥 하나를 꺼내어, 바르게 잘라둔 김 위를 도장 찍듯 누른다. 살며시 딸려 올라오는 김 한 장, 그리고 그걸로 주먹밥을 단정히 감싸는 조용한 손.

그 순간 소설의 첫 장면이 떠올랐다. "벽 위 가느다란 창문으로는 한곳에 뿌리내린 지 이십 년이 지난 은행나무 잎들이 충분히 익지 않은 얼굴로 바람이 불 때마다 흔들리고 있었다." 시작부터 긴 문장으로 묘사해나가는 세밀한 풍경은, 단숨에 이야기 속으로 진입해 각종 정보를 게걸스레 먹어치우려는 욕구를 가만가만 타이르듯 느릿하게 움직인다. 덕분에 이별을 앞둔 기주와 선정의 정서는 나에게 고스란히 스며들어, 함께 그 테이블 앞에 둘러앉아 있었던 것만 같다.

나는 완성된 김장아찌 주먹밥을 받아 들고 마치 기주가 되기라도 한 것처럼, 한입 조심히 베어물었다. 정말로, 그 안에는 김장아찌가 들어 있다. "간장이라기엔 짠 정도가 덜하고 그 뒤에 고소함"이 따라오는 맛. "소금이라기에는 맛이 깔끔함보다는 복잡하고 다층적인". 소설과 현실의 경계를 흐릿하게 만들어, 그 안과 밖이 서로에게 흘러들도록 만드는 일은 내가 정말 좋아하는 일. 책 읽는 걸 좋아하나요? 누군가의 질문에 때로 갸우뚱하게 되었던 까닭은 아마 이 때문일 것이다. 잘 구분이 되지 않아서.

이야기는 이야기에 한정되지 않고 삶 쪽으로 흘러가 은근하게 삶을 이루고, 삶은 삶대로 이야기에 몸을 뻗어 미묘하게 달라진 이야기로 거듭난다.

*

긴 겨울의 터널을 통과하며, 나는 지금 여기에 와 있다. 꽉 막혀 제자리에 붙박여 있는 듯했던 이야기와 삶이 다시 서로에게로 몸을 기울이며 흘러넘치려는 곳.

비가 많이 내리던 여름은 햇살의 빛깔이 유독 아름

 에디터 노트

다웠던 가을을 지나, 그리 모질지 않은 겨울로 변화했다. 이제 회복이 좀 된 건가? 대답하기 어려운 질문을 던지는 대신, 시나몬 스틱과 카다멈, 클로브와 통후추, 다진 생강을 넣은 밀크티를 팔팔 끓이며 그 강렬한 향신료 냄새들이 나에게 일깨워주는 사실만을 받아들이기로 한다. 더이상 얼어붙어 있기를 거부하는 마음, 삶이 주는 것이라면 무엇이든 생생하게 받아안고 싶은 마음이 나에게 있다는 사실을.

그러니까 이 책은 무엇보다 나 자신을 위한 책. 하지만 삶에서 겨울을 겪는 사람이 나뿐만은 아닐 것이므로 분명 누군가를 위한 책. 그런 시조가 있지 않나. 밤이 가장 긴 동짓날, 그 밤의 허리를 얼마간 잘라내 간직해두었다가 연인이 오는 밤, 그래서 영원하길 바라는 그때, 넣어두었던 밤의 조각을 꺼내 길게 길게 이어붙여 펴보겠다는. 빛, 볕, 흐름, 소리…… 그런 것들이 담긴 문장을 손에 쥐고 나만의 겨울을 지나올 수 있었던 것처럼 누군가도 그럴 수 있다면 기쁠 것이다.

스위밍꿀 컬렉션

겨울 연습 — 빛, 볕, 흐름, 소리

© 김화진 정지혜 정기현 황은주 2026

초판인쇄	2026년 1월 6일	**초판발행**	2026년 1월 20일

지은이	김화진 정지혜 정기현 황은주
펴낸이	황예인
편집	황예인
모니터링	이정모
디자인	함익례

펴낸곳	스위밍꿀
출판등록	2016년 12월 7일 제2016-000342호
주소	서울특별시 마포구 양화로58
연락처	swimmingkul@gmail.com
ISBN	979-11-93773-14-7 03810